九月的低语

乡云 著

图书在版编目（CIP）数据

九月的低语 / 乡云著. --南京：东南大学出版社，2013.5

ISBN 978-7-5641-4103-5

Ⅰ. ①九… Ⅱ. ①乡… Ⅲ. ①诗集-中国-当代 Ⅳ. ① I 227

中国版本图书馆CIP数据核字（2013）第027522号

九月的低语

出版发行：东南大学出版社
社　　址：南京市四牌楼 2号　邮编：210096
出 版 人：江建中
网　　址：http://www.seupress.com

印　　刷：江苏凤凰扬州鑫华印刷有限公司
排　　版：江苏凤凰制版有限公司
开　　本：700mm×1000mm　1/16　印张：14　字数：155千字
版　　次：2013年7月第1版
印　　次：2013年7月第1次印刷
书　　号：ISBN 978-7-5641-4103-5
定　　价：56.00元

经　　销：全国各地新华书店
发行热线：025-83791830

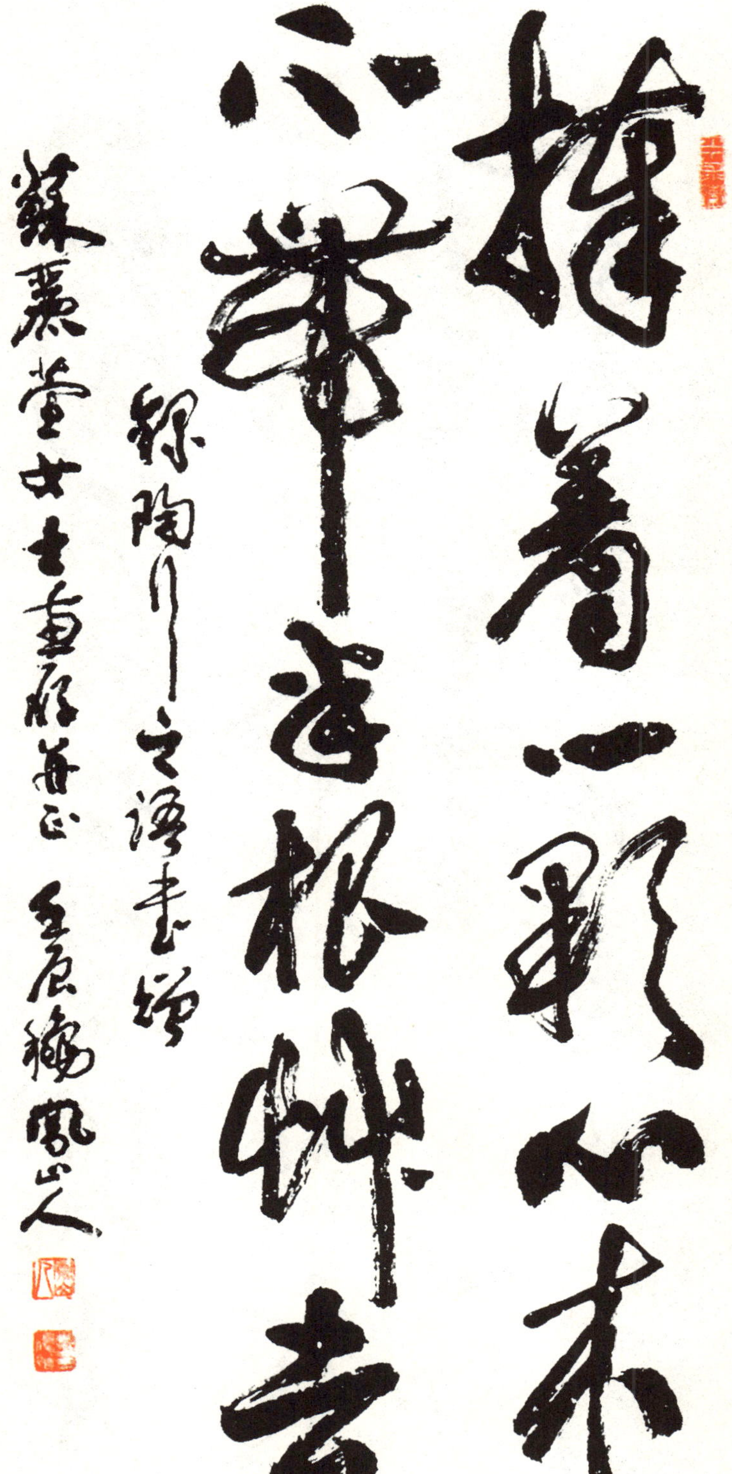
捧著一顆心來
不帶半根草去
録陶行知之語書贈

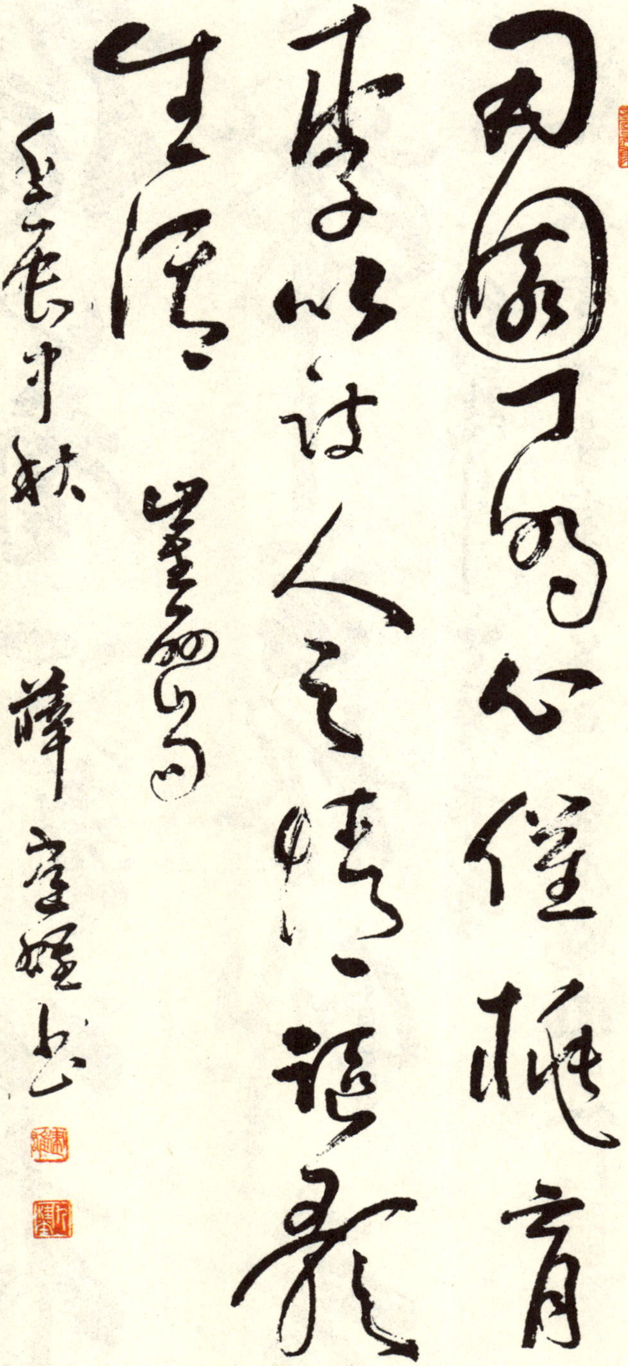
壬辰中秋
薛宝娥书

序一

我们都是平凡的天使

吴聪灵

读苏丽萱老师的诗，正是九月。闲了两个月的校园再次被童声涨满。我不知道，每到此时，习惯了等待孩子们重返校园的苏女士会有怎样的感受。

只是，她的诗，让我的记忆随秋风飞扬。我的老师们，那些曾经熟悉的后来渐渐陌生的遥远而亲切的……我以为淡忘其实始终铭记在心的点滴感恩与心动，都在苏老师的诗里，鲜活起来。

苏老师不是专业诗人。写诗，于她的意义与价值，我猜，就像《中国好声音》里那位航天科工一样，把单调工作之余的时间，用来躺在蓝天下，看大雁飞过，弹吉他唱歌。

诗作就是苏老师教学之余唱的歌。抒怀，或者咏志，她以最真诚的情感，最平实的姿态，不凭借任何技巧就能轻易打动你。

她仍是一颗女儿心。看她写故乡的诗作就知道了。“缸盖当书案/缸体冰凉/却扯进阳光//清爽的世界/从缸里向外流动/一桶桶，一担担/满了又退，退了又满//灰蒙蒙的清晨/光亮亮的石径/吱吱脚步轻响/踏出通往四方的潮湿”（《旧家的水缸》）。

她写故乡的水缸，这是活在几代人记忆里的旧物什。寥寥数语，与水缸相关的生活画面就在你记忆中丰满起来。你的心底，会有个角落，冒出一个孩子，对着水缸瞧水中的自己，扮鬼脸。这份童趣，与曾经的生活方式不复再有。可苏老师的诗句，让记忆在此时此刻，温暖了我们。

有时，她的平实与简单，反而透着把玩文字的大智慧。《樟树，樟树》中的语言就让人忍俊不禁。“村里有棵硕大樟树/饱经风霜上了岁数/柴米油盐味精酱醋/三餐新闻树下发布//昔日村人生活疾苦/虔诚祈祷变成烟雾/樟树，樟树，何方赐福/所有沧桑在此叙述……”娓娓道来之语，透着调侃，透着睿智，还有你一读就心领神会的幽默诙谐。

谁会这样来写樟树？谁又能说她只是在写树？作为乡村的见证者，作为历史最沉默而稳定的坐标，村里的那棵樟树，就是作者最忠实的记录者——这份记录，她无法读取，却可以轻易进入任一个感受。不然，何以成诗如此？

与那些刻意追求生涩或惊人之语的诗歌创作者不同，苏老师的诗意是明快的，柔恬顺畅的。她笔下多次出现家乡，却都有不同的曲调。“家乡的富春溪……掠过波波怀想……溪水和繁星的对唱/声声乡音跳进诗里/夜晚闪烁迷离的灯光，让梦里流淌的孤单/在山脚下不息的烟波里淹没……”

回忆像抽茧成丝，越发绵长。真不知道她再这样接下去，我们需要多大的打印纸，去领略这份形式美。

我猜，她写这诗时，一定想到了某个调皮的孩子了。这是玩出来的诗句，不是熬脑汁熬出来的。当然，也正因此，它才可以直接地表达出作者那副不管不顾，兀自叙述的洒脱劲儿。

说我所想，写我所思。除了这个，写诗还有啥可以称得上好玩的?

都说，诗人永远年轻。写诗当然不是防老秘方，实在是，诗心年轻。苏老师的生命，也像儿童一样，永远年轻。“我将灵魂安放在你这里/用全部的童真向完美伸臂/从天堂找回我遗落的翅膀/在你的家园乐此不疲/来回地飞”（《美妙的翅膀》）。

何谓时光？也许会添了皱纹，增了白发，缓了步伐，弯了腰身，然而，一颗鲜活跳动的心，仍然生活在童话般的世界里，惬意而歌。

不是她的生命中就没有愁苦辛劳。三十多年教育岗位，她把多少难缠的皮猴子调教成明日的良材？从乡村到城市，从老师到校长，她又曾遭受过多少误解，吞咽过多少苦水？她的诗歌里，绝少写到这些。答案，她也不小心给出了。“上天啊/请赐我一种本领/把委屈的痛苦深藏于心/把温馨的快乐回报/给天/给地”（《一种本领》）。

与孩子相伴的人，诗意盎然，永远年轻。三十多年执教生涯，我猜，苏老师与孩子相处的时间，远远超过她留给家人和自己的时间。也因此，她的诗歌中最为频繁出现的，还是学生，校园，是在她关切的眼底来了又去的孩子们。

“别了，小天使/我循着童音寻找你/那穿过秋水打湿的双眸/闪现着课堂智慧的神秘……别了，我已在沉淀的时间里/梳理放飞梦境/送走岁月的无眠，轻轻地/包裹被你打开的记忆”（《别了，我的小天使》）。

这样的画面，不难想象。曾经由她领着飞来飞去的小鸟，如今都飞走了。领飞人记忆的包裹，在一次次离别中越发鼓胀。个中苦与甘，谁解滋味？一片诗心里，万千说道。

写给孩子和校园里与她同样无私奉献的教师们的诗，还有很多。《师者的季节》、《雏鹰展翅》、《无声的语言》、《窗》、《背影》、《校园记忆》……尤其是读到《永恒的师爱》这首纪实性的朗诵诗，似乎让我们一次次接受思想的洗礼，一回回唤起国人难以抹去的记忆……

只要她愿意，她仿佛可以无休无止地写下去。这是她愿意拿一生去唱的一首歌，对学生的爱，百唱不厌。

她的心里住着天使。

然而，不得不说，整部诗集中，以最快速度让我感动的却是《请原谅》一诗。这是她在百余首诗歌中，唯一直接写给她的孩子的一首。

“孩子/是我把你带到这世上/却没能给你母亲真正的爱/早晚忙碌于教学实践/而把无限的等待让你消磨/亲爱的孩子，原谅我/我没实现母子心手相牵的承诺//孩子/是我把你带到这世上/却没能尽到母亲真正的爱/成天忙于“爱心”工程/而把你丢给电视和年迈的外婆/亲爱的孩子，原谅我/让你遭受了无边的孤独与失落……”

这里面，藏着一位母亲多少难与人道的无奈，与一位教师多少次决绝而心痛的取舍？孩子只有一个，学生有几十个，老师只有一位，妈妈也只有一个。怎么分？我相信，绝大多数教育者的答案，都和苏老师一样。

也因此，她可以在最轻松美好的心情里回想与学生相处的片断，却无法允许自己充分体验一个母亲的幸福。这是天下最平凡的快乐了吧？苏老师选择道歉。

我不知道她的孩子读到这首诗，又是何感触。我感同身受眼眶湿润了。我无法放任自己的想象力，去试着把许多细节具体化。孩子的孤独与母亲的无奈尽在这一诗里了。

教育者是大天使，是伟大的职业。而母亲，却需要很多平凡的细节支撑，来构建并表达伟大。也许是心痛太深，不能轻易触碰，这写给孩子的唯一一首，已然道尽一位身为教育者的母亲的最高心声。

我相信，这也是很多身为教育者的母亲、乃至父亲们，都想对自己的孩子读一遍的诗歌。所以，在这个九月，请允许我，借《九月的低语》的诗句，向太阳底下最光辉的老师们致敬！

“你是海边守望潮归的岩石/尽管狂风暴雨将你的生命逐渐耗尽/你依然以生命的低语/吟唱在海的深处……”

这是苏丽萱老师的歌。词在她的作品里，曲，在我们每个人心里。在那个角落，我们终将认出，我们都是平凡的天使。

（作者系南京《金陵晚报》资深记者）

序二

爱的抒写

——读苏丽萱诗集《九月的低语》

黄平生

九年前，初识苏丽萱老师。那是在福安逸夫小学校园，作为校长的她主持一场大型道德教育实践活动。其间给我留下深刻的印象。

苏丽萱是位富有激情的女性，满心充盈着爱：爱自然，爱故园，爱亲人；爱生活，爱她生活其中的这个世界；爱事业，爱她从事的教育生涯；爱孩子，以母性的胸襟和柔情爱每一个学生；爱诗歌，读诗写诗。她不以作诗为业，也不刻意为诗；对于人生，对于世界，她情动于衷而形于言。《诗大序》云：诗者，志之所之也，在心为志，发言为诗。苏丽萱是位很感性的人，五彩缤纷的世界和丰富的人生，时时事事处处都让她敏感的心受到触动；有触动就要抒发，用或优美或素朴的文字表达出来，便有了诗集《九月的低语》。这些诗篇，都是爱心与诗意融汇的结晶。

苏丽萱热爱自然，热爱土地，亲近山水。行走在辽阔大地上，她思接千载，视通万里，诗情不期然而至。大自然是人类的母亲，或者说人类原本就是大自然的一部分。中国古代“天人合一”的哲学理念、西方近代理性主义哲学家斯宾诺莎的泛神论，都直接间接地揭示了这一真理。曾几何时，“与天斗与地斗”、“征服自然改造自然”的思想理论，却将人们置于与自然对立的境地，对大自然的掠夺与破坏已酿就生态恶化的苦果；再加上现代城市人生存于“钢筋水泥的森林”中，致使人们疏远了大自然，这是一种生命的疏忽。苏丽萱的诗呼唤生命对自然的回归，抒发对自然的崇拜和赞美。阳春三月，大自然的勃勃生机，触动了苏丽萱的心弦，她感受到了大自然的神秘的伟力；嘤嘤嗡嗡的蜜蜂，上下翻飞的春燕，带给她久违的欣喜，便有了诗集开篇第一首《久违的涟漪》，这是现代城市人吮吸土地的芳香，心湖上激起的涟漪。她抒写自然宇宙大地山水的诗篇，有的是对人与自然的形而上的思考，有的是对或壮丽或幽美或神奇的自然景观予以传神的描摹，抒发热爱、赞美之情；有的是通过描写自然风物，寄托某种寓意，使自然山水具有了象征意味。《走近神奇》用“万剑倒插直冲云霄”“八方大军簇拥而至”来摹写张家界群峰的雄伟神奇；《阿尔山的晨》用雾霭、露珠、白桦、野花、山泉、小鹿、白烟、奶茶等一系列清新的意象渲染、烘托山间清晨的美好和作者心灵的“感动”。那“春雨”、“野花”、“田野”、“小溪”的“春野”（《春野》）、铺开满山“红云”的桃林（《红云》）、“缀满紫色珍珠”的葡萄园（《夏至葡萄沟》）、“那蔓延的火红/是以磅礴的恣意/告慰浪漫的炽烈”的红杜鹃、“是以火的执著/见证不朽的凄美……是以情的永恒/留下一片丹心”（《蔓延的火红》）无不浸透了作者对大地自然的挚爱深情。有些诗篇，自然风物只是激发人生哲理的媒介：“大海曾是故乡/也是驿站”，水在“很圆”的世界中“旋转，跳跃/奔跑，腾飞//在不断变换的步伐中/我走向/无限生机/走向/更加完满的/自己”（《水如是说》）。这是自然之水在宇宙中的生命循环，又岂不是诗人的自白？《生命的华章》写的是黄果树瀑布，歌颂的却是百折不回的意志和勇往直前的精神；《天目蝉鸣》从天目山鸣蝉的歌唱，顿悟生命的灿烂、短暂与尊严；《起航》把天目山喻为停泊千万年的古老木船，随山风渐起，正扬帆起航，表现的是一种深沉的历史沧桑感。有时，作者与自然融和一体：“在蓝天上看云/一朵两朵/……不小心/我也成了/其中一朵”（《在蓝天上看云》）。不经意间，进入了“天人合一”的境界。

抒发对教育事业执著、真挚的爱，是苏丽萱诗歌的核心内容。苏丽萱是优秀的小学教师、杰出的校长、出色的教研员，三十多年来兢兢业业耕耘在教育这一片原野，播种希望，收获未来（《师者的季节》），她挥洒心血汗水，培育千百幼苗，无怨无悔，乐在其中。她把终身从事的教育事业当作人生价值实现的平台，教育是她生命的意义之所在，她在《能从事教育是一种幸福》中咏叹：“生命的价值在纯洁的心灵里升华/人格的丰碑在薪火的传递中耸起。”教育，就是她“生命的华章”。那美丽的校园、繁茂的绿树、缤纷的花朵、灿烂的笑脸、琅琅的书声、嘹亮的歌唱、快乐的嬉闹、教室的灯光、操场的喧腾……这一切，都在她的笔下涌动诗的激情，流淌爱的光彩。即使离开学校，走上新的工作岗位后，她依然对校园满怀眷恋，《逝去的日子》抒发了对校园生活、讲台岁月的深切怀念："永远不能平静的是，校园中那古榕的呢喃/魂牵梦萦的是，无数童真眸子的写意。"《九月的低语》、《老师》、《赤诚的心》、《背影》、《无声的语言》等，是献给教师的深情赞歌，也是对自身职业自豪感的流露。教育是爱的事业，师德最本质的内涵就是爱。苏丽萱在诗中把自己对教育的爱、对学生的爱渲染得淋漓尽致，感人至深。《读你，孩子》抒写的是师爱和母爱融合的情怀；《我喜欢这种感觉》将自己和孩子们在一起的一分一秒视为至高的快乐；她用心来感受学生成长的幸福与快乐："倾听你花开的声音/涂抹你光芒的底色，渐渐地/长大后，成为我骄傲的，是你"《别了，我的小天使》。"在百花争艳的季节/盈满百鸟争鸣的山谷/你曾赠予我无数鲜艳/留给我收获不尽的秋"（《梦中的精灵》）。学校，只是孩子人生长途的第一个驿站，小鸟终将放飞，《别了，我的小天使》、《我知道》表达了送学生告别母校踏浪远行的祝福。当一批批孩子"开始新的起航"，"我的祝福/还停在这——/初发的渡口"（《在渐远的别离口》）。这令我想起台湾女作家三毛的一句话：一个女人做了母亲，就对子女有了一生的牵挂，这是一种心灵的重负。为人师为人母的苏丽萱就以这种母爱的情怀牵挂着自己的学生，永恒守望着孩子远去的身影。她的这种师爱，是一种真挚、纯粹、晶莹剔透的大爱，高于母爱，胜于友爱，大于情爱；母爱容易出现溺宠，友爱看重礼尚往来，情爱则少了几多严谨。她诗中抒发的师爱，是有情、有意（理性）、有恒（恒久）的挚爱。她与学生的心灵是相互沟通的，她想象着学生的祝福，给自己平添了无穷的动力，即使彻夜备课的老师，也没有困倦，没有寂寞（《窗》）。她希望自己的爱，能给孩子们“以支持和鼓励，让他们感受到师爱的温暖”（《后记》）。

苏丽萱是山的女儿，是水的女儿。她深爱养育她的家乡故土，深爱她的父母家人。在物欲横流的当下，简约素朴自然清新的山乡无疑是一方精神净土。歌唱家乡，怀念故土，便是一种对精神家园的反顾和追寻。抒写怀乡情绪，是苏丽萱诗作的重要侧面。她十分怀念故乡，就“以怀旧的调子，放飞儿时的风筝”（《听你的独语》）。故乡的山山水水给她的生命点染了清纯的底色，也紧紧牵连着她远行的脚步，使她时时流连反顾，“梦里熠熠发光的溪/牵挂犹在，思念依然”。乡情激发诗情，“声声乡音跳进诗里”（《家乡的富春溪》），“家乡瀑水，荡气回肠/霞光波上跳舞/流淌玉的神韵/寄上梦的灵光”（《家乡》）。故乡的风物，在她心底一一化作诗的意象：那“透明”“艳丽”“神秘”的“山”恰似某种生存状态，“燃烧孤独”“守候热闹”；“旧家的水缸/那光影/至今明艳艳/晃悠在我心堂”（《旧家的水缸》）；那高大繁茂的“樟树”（《樟树，樟树》），都成为故乡勃勃生机的象征，令她魂牵梦绕。如果说童年是故乡的形象，那么，父母则是故乡的灵魂；诗集中最能体现怀乡情结的是思念父母的诗篇。《海啊，父亲》、《致母亲》、《记忆中的父亲》等篇章，从不同的视角抒发了对父母深沉、真挚、永恒的爱。在女儿心目中，父亲是生活海洋中搏风击浪的“水兵”（《记忆中的父亲》），是生命草原上翱翔的“雄鹰”（《草原，亲爱的父母》）；母亲是“柔情似水”（《草原，亲爱的父母》），是春的风雨、夏的热情、秋的收获、冬的薪火，伴随儿女的一生（《母亲如四季》）。这些诗作深切表现了父亲的刚强、沉着、爽朗、宽厚，母亲的坚毅、柔韧、乐观、慈爱；抒发了对父母的爱戴、感激和歉疚之情，刻骨铭心，如烈火般炽热，溪流般缠绵，感人至深。苏丽萱在诗中不停地探寻精神上的“回故乡之路”,以此作为消解现实生活中浮躁之气的心灵力量。生活在行进，她“返乡的旧路”永远在延续。

苏丽萱不是哲人，但她常常生发哲思。她将点点滴滴的人生感悟，折射在诗歌的意象中。这些哲思，很难说清道明，但绵绵诗意引人思考，给人启迪。在《城市街边的树》里，站在“老街”边上的“树”，见证了城市的变迁，奉献“氧气”却“吃尽粉尘”，这里有一种责任与宿命的沧桑感慨。《一种本领》将人的胸襟、气度构建成一种能力、一种本领，揭示了它的形成与升华必然在人生的风霜雨雪、甜酸苦辣的历练中。“桥”既是自然断裂处的一种物质的联系与衔接，更是人生、事业、理想、爱情、历史、现实、时间、空间的“不可或缺”的焊接与牵连（《桥》）。《寂寞是……》所营造的心境既美丽优雅，又有着淡淡的忧伤，诗人咀嚼“寂寞”，抒发的是丰子恺所云“我爱群居，也爱独处”的生活境界。《呼唤》里回响的是诗人心灵深处对一种朦胧美好的人生愿望的呼唤。

苏丽萱的诗歌创作手法多种多样，有写实（如

《北上的列车》），有隐喻（如《水如是说》），有通过具象表达抽象（如《桥》、《理想》），但基本上是传统的浪漫主义抒情手法。在状物抒情时，诗作具有较强的艺术感染力。如写夏天夜色中的大街："霓虹灯光绕着人的脸来来回回/疯狂旋转的CD声，漫过防线，四处游荡"（《夏夜》）；写山中雨后的感受："你把云朵当作手帕/擦亮了色彩、声音和光线/让我享受你的珍贵与遥远"（《雨后的乌岩岭》）；写春天山野景象："那一条条小溪旁/雨，抚摸着神气的草尖/怀想复杂的心事/悄悄地，让溪水带走落英"（《春野》）。这些诗句气韵生动，诗意盎然。相信苏丽萱在诗歌艺术上会继续探索，努力追求，日臻完美。

自然之爱与人生之爱融合，教师之心与诗人之心相汇，"乘坐诗歌的船/去寻找从前的季节"（《校园记忆》），祝愿苏丽萱永远拥有这诗意人生。

2012年冬　于宁德师院校园

（作者系宁德市教育学会会长，

原宁德市教育局副局长）

目　录

第一辑　诗：空气的翅膀

第二辑 诗：沙滩的贝壳

第三辑　诗：晚来的潮声

第四辑　诗：爱的召唤

第一辑

诗：空气的翅膀

与你共舞
在天地间
在风的怀抱里
是钻石，是萤火虫，是流星！
星星点点，闪着迷离的光……

久违的涟漪

悄悄然，你从虚空来
不，从苍茫的雾霭里起程
北风当唢呐，雪花做嫁妆
你羞涩腼腆，娇容乍到
沿着熟悉的路径
超越大自然的神秘
向远方轻唤——

纷飞的蜜蜂，快快聚来
如匈奴的骑兵阵，原野
汩汩流开，如白色缎带
轻轻，静静地
在母亲身上抚拍

当燕子的剪刀，梳理
飘逸的长发，倏地
掠过湖面
我心中陡然泛起
久违的涟漪

2008年3月

涂抹天年

春雨打湿的小路
弯弯
无限心事，在雾霭中
延展
思念的翅膀，又一次
飞向天边
遥远的记忆，在春光里
流连

春燕盘旋
在过往的天空
露珠裹满新绿
在春光中闪烁
给大地平添光鲜

花儿以芬芳呼唤
唤我驻足静赏
柳以水的柔情
催我俯身与她缠绵

看着绿醉
枕着风睡
静静地用画，回应那美丽的春燕
痴痴地用情，涂抹那不老的天年

2010年3月

一叶扁舟

黄昏的湖滨
渐收起喧哗与繁忙
南风清扫天空
夕晖收拾沿街的碎片
整齐的华灯
映照匆匆归步，车流如潮

脚在月光下浮动
道路向迷蒙处延伸
棕榈被遗落在路旁
一粒石子投入水面
轻轻摇开流动的星空

夜色沉醉
神思如一叶扁舟
潜入水的深处
笑醒在梦的边缘
有曙光依稀……

2009年6月

水如是说

我来自山林深处
流经大地，不弃梦想
用歌唱回报造物的恩赐

我嬉戏苔石
腾跃狂浪
助枯木吹响生机的号角
催花朵绽放迷人的芬芳

土地无垠，流淌我新鲜的血液
万物生发，示现我无尽的挚爱

大海曾是故乡
也是驿站
天空是明镜
更是我梦中的床

江河行走
我把浪漫给了沿岸的青柳
高山绵延
我把娇艳给了沉默的雪莲
原野辽阔
我把雄奇给了高俊的白杨

世界很圆，刚好
做我的舞台
旋转，跳跃
奔跑，腾飞

在不断变换的步伐中
我走向
无限生机
走向
更加完满的
自己

2009年8月

飞天

人说，你晶莹剔透
才敢把蓝天当作舞台

风是你的导演
太阳是聚光灯
长袖轻扬，你把我带进了
曼妙的极乐世界

莲台静坐的佛陀
在微笑中传递安详
七彩祥云驾着众神
漫天散花……

战争和逃亡成为历史
疾病和饥饿成为记忆
忧愁和烦恼
早已销声匿迹

我已等待千年
任凭
时光渐渐流逝
可你灵动的身影
一直
在天地间随心舒展
亘古如一

2010年7月

相约的光景

这一次，与蓝天相约
辞别江南空蒙烟雨
推开远山的金黄
晚霞收起红艳
离开西下的彩絮

云带渐黑，峰峦
起伏地托举硕大寰宇
直达暮霭苍穹
次第收拾
一路琉璃光景

转眼间，夜空中划出一道
弧线
群星已笑在天幕
机场长堤外
海浪，正在沙洲鼓动潮汐
动火闪烁，点亮都市浪漫
美丽的南国边城
正张开她的双臂
拥抱
千里之外
夜归的旅人

2010年10月

南方，我的南方

我的南方，绿阴始终没有走开
这般个性模糊了四季

尽管往返南北回归线的雁
已捎去季节的请柬
但深绿与浅绿的嬗变
始终没有淡出人们的视线

当北方春意盎然
南方盛夏已不约而至
金蝉提前催醒绿阴
烈日捧来火炉
蒸气在眉梢冷却
火焰在头顶燃烧
树木无法拒绝这狂热的爱

在大片大片催生的日子里
我的南方
地处热带雨林的南方
碧野早已盈满
热辣辣，蓬勃勃
势不可挡的情

2009年5月

步履

喧哗在夕阳下停止
脚步在游弋中收回
翩然无拘的红色玫瑰
一片片，绽放，或飘落
总是至纯至美

孤岛，熏沐着蓝色的畅想
山峦，沉淀着金色的梦幻
凝绯从东方走向西方
田园奏起的交响
收藏了仙境的霓裳

这些，还没来得及回味
那追日的步履
已经迈开
……

2009年8月

月光

今夜的月光
你看多美丽
山野在倾听
生灵在倾听
我在倾听
这是一支天籁的歌谣
这是一盏不灭的心灯

不要说星空的浩渺
不要说心中的敞亮
那是嫦娥舞动广袖的秘密
那是吴刚捧出的桂酒的醇香
熠熠的烛光为你倾倒
潺潺的流水为你欢歌

你的生命依然流淌在奔涌的河面
在银色的碎片里
叫我如何捡拾
你亲吻大地的
这许多浪漫

2010年8月

晨曲

目光所及处
是天边黑幕后的灰白
一层层晕开
亮光缕缕，缓缓推进
湖面一片暖色

满湖，波光跳跃不定
香樟、柳树
临水扶岸
宽柔的棕榈悄悄鼓掌

芦枝之上，鸥鹭
张开惺忪睡眼
呼朋引伴

远苍黛山，一片金黄
金色的天，金色的草，金色的湖……
都以蓬勃的张力
带来一片光灿

当热气弥漫，大地苏醒
那每个晕染的人
都变成
一座金光四射的喷泉……

2010年6月

风怀抱里的光

寒流，太阳凝固
乌云遮蔽
被拽住尾巴的北风
不断抗争，吼叫
——原来
早与春天有约的你
为赴这盛会
已背负沉重的行囊
走了很久很久

就在这个日子
不期而至
纤尘不染，步步不惊
是不想惊动我的晨梦？
还是，想把全部力量用来拥抱
大地母亲的
肌体？

你，缤纷的慷慨超出我的想象
在黛色的苍穹，飘洒
以六角银花绽放

那玉蝶儿
白嫩嫩，蓬松松
像柳絮，像芦花，像轻烟，像……
流转，追逐

有人猜想这是——
天女散落的花

在天地间
在风的怀抱里
与你共舞
似钻石，如流星
星星点点，闪着迷离的光……

2010年12月

夏夜

伏天的夜晚，大街如蒸笼
路上的汽车，像蛇一样爬行
霸道的夏日，逛街的人流宛如瘟疫
张开眼的广告，不断地
在夸张的词语之间来回徘徊

霓虹灯光绕着人的脸来来回回
疯狂旋转的CD声，漫过防线，四处游荡
华丽破碎的音符，不时植入人的耳朵
也许，路人和我一样
都想，在无法预知的生命中
让夜色吞没寂寞、烦恼、遗憾……

那脚步声如敲开的鼓点
一波又一波
一阵又一阵
……

2009年夏

浸在水里的颜料

玻璃包围了窗外的世界
浮跃着东湖迷人的曲线
灯光在水上漂荡
咖啡的醇香，浮起遐想的天空

婆娑的树，把影子拉得很长、很长
那放牧的夜色中
星星眨着眼睛，倾听
远处的蛙鸣声
一弯新月，正用她的余韵
垂钓着暗送秋波的湖

风轻起，夜沉静
不知不觉，湖边
灯火阑珊
喧哗已不复存在
黑夜，仿佛浸在水里的一块颜料
开始渐渐融化
浸
染
周
遭
……

2009年7月

喧嚣的程序

一副凝重的脸
鼓动着不安的烦躁
充满欲火的空间
似乎，一触即燃
那升高的脾气
恶狠狠地将路人煎烤

树叶蜷缩着疲惫的身体
成熟的果实发出求救信号
嫩绿的幼苗猫着腰左躲右闪
那些机灵小虫小鸟借把大伞
就地打铺偷凉睡觉

正午，被热气推高的夏火
请来了黑色的魔法师
在轰隆隆的怒吼声中
以一道刺眼的弧光扯破天幕

“叮当”作响中
夏火以孤独的疯狂
化作一场密集的洗礼
瞬间，愤懑不再
那浸染浩海的虹练
宛如天仙下凡

2011年6月

雷云

在蓝天，你
与腾飞的苍龙共舞
与刚劲的大鹏齐飞
为大地丰茂，你用
浓墨重彩显示自身的伟力

勤于给广袤的山川披上厚衣
敏于给四合的原野奏响欢歌
飞越山巅，划破静谧
在高歌中呐喊，在呐喊中变奏

从山之巅，从海之滨
苦苦寻找远去的踪迹
如此痴情，如此执著
我知道，你在荡涤
浮躁的灵魂

你心怀善意
却常常身不由己，酿造误解
在灵的呐喊中，在物的呻吟里
我知道，你无法放慢脚步
请把全部的忧伤
交给时光消解
有如清风，吹落霓裳

2010年仲夏

秋影

秋风的絮语有如精灵
带着枝叶的微笑
向一壁红日青山处
进发

秋意袅动的苍黄
点缀了我移位的梦
厚厚的泥土在叶的关照下
留下一幅幅锦缎般的壁画

秋情失落的眸子
凝视着凄美的晃影
漫不经心地穿过墙根孔隙
悄悄扑向万物的喧哗

秋韵驱动的步履
筛下遍野的红叶
张开嫣然的绯红
带走一丝丝牵挂
……

2011年10月

穿越

在收获的季节里
天，端出刚洗过的瓦蓝
云，如醒来的梦，荡荡悠悠
风，打着旋，奔放一季的激情

这是孩子最快乐的季节
遍地打滚，放飞纸鸢
纵是寡言的老妈
也会和声絮语
唱来轻风晚月

在金色铺展的乡村
当衣襟随风轻起
彩色舞动的信笺，带着
这份注定的执著，穿越
生命的沦陷地洼

这些举着叹号的树木
每次经历风雨的洗涤
都在
上演了又一个
崭新透亮的
童话

2010年10月

跳出井底的视窗

离地、起飞，腾空而起
心陡地一空，往窗外鸟瞰
那浪花将白色的哈达献给了碧海
那树木将绿色的生机留给了土地

晴空万里，漫步云端
我跳出井底的视窗
那片片飘落的祥云
纷纷聚拢脚下
轻轻驾鹤飞翔

流霞拥暮霭向南
迷茫了大地，迷茫了色彩
机声，盘点一路梦境
江南近了

江南，的确近了
时光就这样
从清冷的北方
亲吻到南方的柳岸

晚霞敲起金边暮鼓
谁的歌声在说
远方的客人
请你
留
下
来

2009年8月

夜行的天使

天，冷极了
黑夜的前脚还未落地
你的后脚已悄然而至
霎时间，白的天白的地
无法分辨

你如洁白的精灵
总是以最温柔的方式
表达你，思绪的蹁跹
舞步的轻盈

我多想张开双臂拥抱
可你，已迫不及待
扑向大地母亲的怀抱

黎明，大地苏醒
初开的睡眼
被新世界点亮
你，肃静、神秘
这是你的归属
你的天堂

2010年12月

丢失的故事

夜阑人静
江畔涛声依旧
远处的航标灯，若隐若现

江岸码头石阶上
乘凉的男女老少
席地而坐
月姑娘
在粼粼的波光中
爬过恋人的头顶

远方
踏着清波步履的船笛
带来天使的轻唤——

此刻，都市喧嚣
悄悄遁去
那些蓝精灵
乘月色翩然而至

斟一杯醇香的美酒
今夜与诗人对歌一曲
让所有丢失的故事
在如银的月色中
嘀嘀嘀
吹响

2010年7月

在蓝天上看云

在蓝天上看云
一朵，两朵
朵朵云
在天空，聚拢

——冲锋的号角已吹响
士兵整装待发
喊杀声由远及近
硝烟滚滚
天兵天将神速迂回
一眨眼
战事告捷，旌旗招展

在蓝天上看云
一朵，两朵
朵朵云
在天空，疾冲

——远处的目标在召唤
原野一片惊恐
狼以自身的野性，欲缉对手
突然，彼此静立不动了

原来，他们已融为一体
再不必，决个雌雄

在蓝天上看云
一朵，两朵
朵朵云
在天空，腾涌

——升空的蘑菇云
托举苍穹
拖着长长的尾翼
那宽大灰暗的阴霾
似乎面临一场悚动

在蓝天上看云
一朵，两朵
没完没了
不小心
我也成了
其中一朵

2009年11月

你在，世界就在

你的故事雕刻在希腊的神话里
光年，丈量你我的距离
热度，燃烧情感的炽烈
足迹遍及寰宇
温暖洒向人间

漫步浩渺苍穹
拥抱广袤山川
爬上屋顶
抚摸原野
情系物语
吻别露珠
……
在时光隧道里
纵横穿越

有时干脆
玩起变脸术
时而阴，时而阳
时而柔，时而刚
偶尔，缀几朵白云在耳畔
引人遐想

你的家安在银河系
与群星情同手足
带着生命的灵光
诠释黑白的轮回
晨曦，致大地暖色的问候
黄昏，回天边灿烂的热吻
万物生呀万物生
你在，世界就在

2009年1月

打开封存的梦

早已交给冰雪
封存的陈年往事
在斑驳的梦里，如
花瓣雨飘摇而下
在广袤的碧野
在静谧的小路

如今——
光阴的碎步
已随风飘远
苍老的容颜
送走匆匆的流年

寒夜里
剪一缕思绪
让潮湿的双眸
诉说几许思念
已不介意
谁人
在听

2008年12月

我仰望星空

——读温总理同题诗有感而作

我仰望星空
它是那样博大精深
那无穷无尽的奥秘
让我求索，让我寻觅

我仰望星空
它是那样的透明敞亮
那群星璀璨交相辉映
让我仰慕，让我肃立

我仰望星空
它是那样扑朔迷离
那变幻莫测的神奇
让我惊叹，让我惬意

我仰望星空
它是那样的湛蓝静谧
那皎洁的柔光
让我陶醉，让我追忆

我仰望星空
它是那样广袤无际
那浩瀚的苍穹
让我舒展，让我神怡

2007年09月

对海说

沙滩，展开你宽阔的胸膛
海礁，接受你湛蓝的拥吻
轻灵的涟漪带着你的温柔
走进我的风景

托起了旭日又容纳了残阳
望流云舒展
枕涛声阵阵

你用，潮涨潮落的暗语
触摸白天又拥抱黑夜
编辑七彩，呈水上海市蜃楼
摇曳身姿，隐海底缤纷世界

你把远古的隧道刺穿
送走了旧王朝又开启了新纪元
夏天的热风，在你的身上筑台燃烧
冬天的寒意，锁不住你澎湃的激情

海啊，你是我
心中最美的景

2012年8月

雨，我的宝贝

春天里
你空蒙迷幻
细细柔柔
带着蚯蚓和蜗牛的腥气
在黑土地
层层叠叠地撒播
灰屋上浮漾你湿湿的流光
微明而幽黯

夏天里
你如海里的千层热浪
时而被狂风挟持
时而随闪电恣意
惊悸腾地掀起
怒气沛沛扑来
骤然放肆
以天地裂碎的力度把我惊醒

秋天里
你是老练的琴师
纤手冰冷
在屋顶抚弄琴键
潇潇洒洒
把晌午，奏成了黄昏
灰蝶纷飞，旋进我的记忆
门前的老墙上
再也找不到你的音韵

冬天里
你是玉洁冰清的冷艳丽人
把所有浮埃，冻晾成干儿
于是，六角白花从天空抖落
有意无意地，打着旋儿起舞
虽寒气逼人
我却分明感到
你对大地
藏不住的深情

2009年1月

半山的云

春天里，你借来白色的哈达
有时扎在腰间，有时举过头顶
在地上，打滚，埋伏
时而顺势鼓荡，时而逆流追逐
瞬间，呈现紧张局势

此时——
半山腰的风景羞答答
一种叫伟大而崇高的动力
乘势助兴，而你
不知何故
索性停下脚步
收拢飞翔的翅膀，如鸟
静静栖息在半山坳，如幻

驻足在半山的你啊
细雨酵不烂
阳光烘不干
任凭道路多遥远
扶摇直上的梦，一帘又一帘

虽为过客，但，心如神往
制造风景的同时，也给人制造了
满在脚上的浪漫

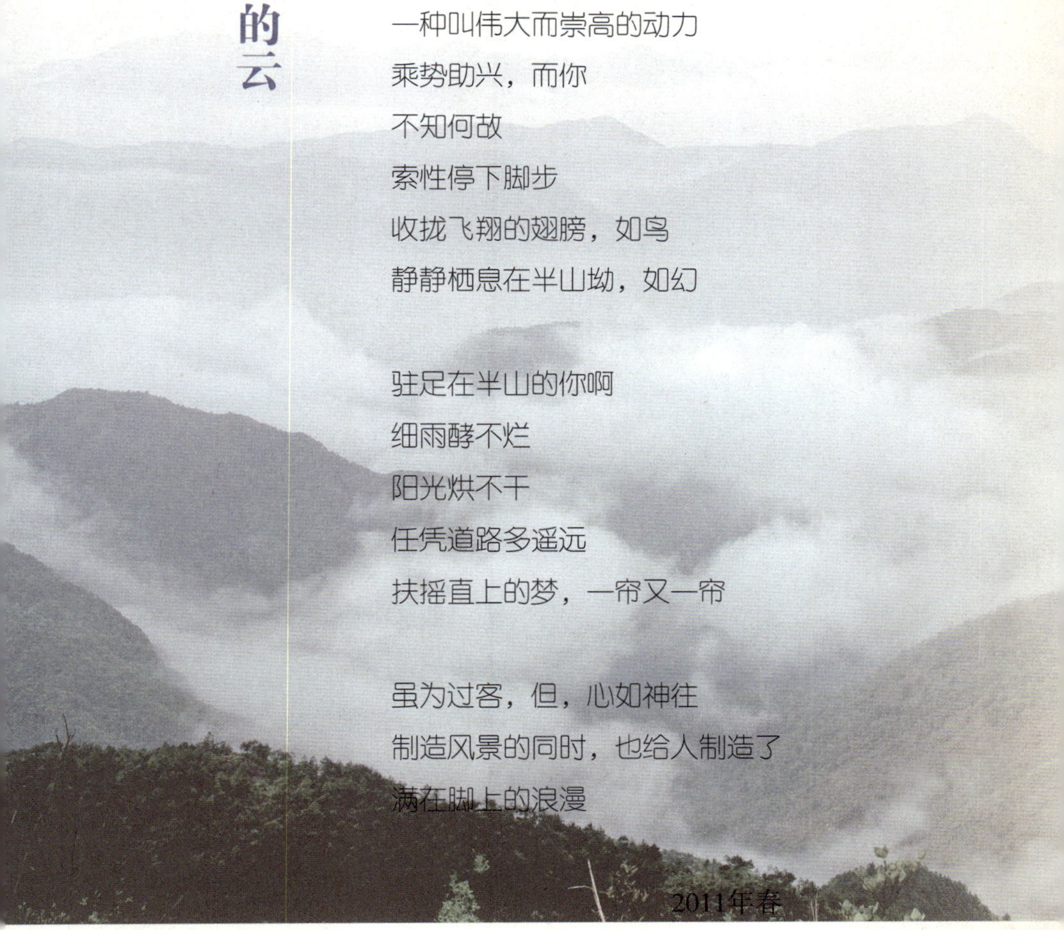

2011年春

走近云
走进云的怀抱
一个美丽的传奇
谁也无法阻拦
天空，在呻吟
大地，在颤抖
天地之间
一场水的宣泄
一片火的怒吼
水火撕裂的言和
洗出了——
一片瓦蓝瓦蓝的天

花瓣

走近云
走进云的怀抱
一个美丽的传奇
在眼前飘过
那是一片霞光
也是连接天地的彩练
淡淡的、柔柔的
于是，我牵起水与火的手
借一双风的翅膀
去收拾
天边留下的那片片
多彩的花瓣

2011年夏

第二辑

诗：沙滩的贝壳

我看到了野花怦然开放的影子
听到了游龙出海的长啸
面对万溪汇聚击水成潭的执著
我深深敬佩着你
不问前路平坦或者曲折
不问海的召唤还有多远
我心永恒

五月的红

——杜鹃抒怀

你捧着绚烂的色彩
涂抹如歌的五月
山野，足迹遍布
如霞？似火？

山岗舞动鲜艳
草丛绽放你的笑脸
炽热的火焰锻造傲骨
贫瘠的土地累积顽强
我读懂了你——无私的告白
无畏的恬静

在山风的摇曳中
在牧童的歌谣里
你回避喧嚣
拒绝礼拜

在奇伟的石门昂首
在叮咚的小溪俯身
丛林中迷离你的身影
山坡下倾泻你的情怀

穿过梦里梦外，万千岁月
我心中永远飘扬的是你
那一片——
五月的红

2012年5月

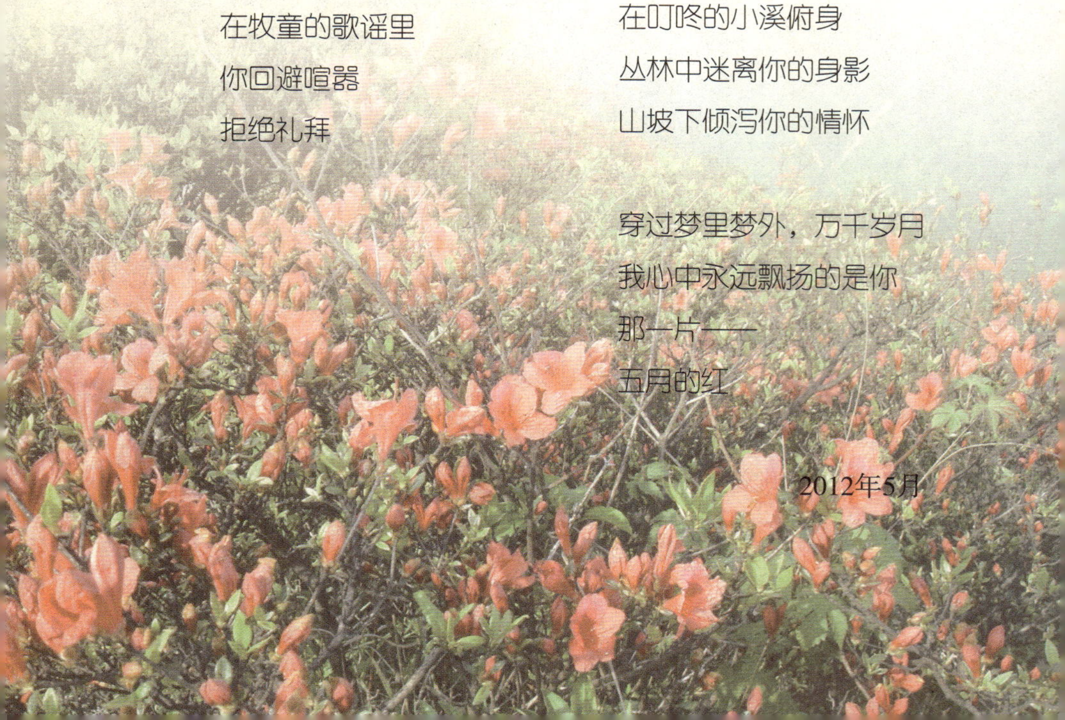

你，笑了

你，诞生于远去的年代
那是天旋地转的日子

严寒笼罩山野
铺天盖地的洪流
转眼停止前进
你呐喊，冲击……
在晶莹的深宫里
用汗珠，亲吻大地

一滴、两滴…
一串、两串…
一年、两年…
一百年、一万年…
从此，光洁的额
被刻上岁月的印记
像漏斗、如龙爪、似板壁……

多少风霜雨雪的磨砺
才使你沉静收敛
纵使灰飞烟灭
你一路走来的艰辛与伟大
赫然眼前

岁月轮回，今天
呈现的奇景，是你
无限的尊贵华章
——从远古莽荒
走来的你
面对淡薄的阳光
笑了

2008年11月

北上的列车

一列北上的火车
在自已喷出的灰色世界里
前进

群星，风驰电掣越过头顶
一抹白擦过天际
黑暗四面袭来

催眠曲的节奏
枕着旷野一片寂静
沉睡的平原
已驶过火车的梦境

当清晨，小心翼翼
剥去夜的包裹
朦胧的薄纱却淡成满窗的风景

风渐渐强劲
扯去最古老的记忆
蓦然回首
那灯火阑珊的地方
正被突如其来的金色
唤醒

这大火球，很有耐性
慢慢……慢慢……
爬上了飞驰的火车
在车窗上跳跃不定
时而在手上摸爬
时而在脸上滚打

我不由闭紧双眼
一切都不见了
只看见眼前一片
延伸的金黄

2010年9月

旧家的水缸

缸盖当书案
缸体冰凉
却扯进阳光

清爽的世界
从缸里向外流动
一桶桶，一担担
满了又退，退了又满

灰蒙蒙的清晨
光亮亮的石径
吱吱脚步轻响
踏出通往四方的潮湿

来来往往，颤颤悠悠
空空荡荡，满满当当
晨曦挑进曙光晖
星星送走镜中月

来往迸生机
快乐漾心田
惺忪睡眼无从觅
童颜无悸心波里

旧家的水缸
那光影
至今明艳艳
晃悠在我心堂

2007年3月

家乡的富春溪

家乡的富春溪
水盈盈，水柔柔
绕着城缓缓流淌

岁月载着我梦中的云影
掠过波波怀想
夜晚，这条溪流的柳岸
热闹在粼粼的波光中唱响
溪水和繁星的对唱
声声乡音跳进诗里

夜晚闪烁迷离的灯光
让梦里流淌的孤单
在山脚下不息的烟波里淹没
溪岸广场踢踏歌舞的妩媚
让城市之暮在兴奋中拉长

走过激情飞扬的岁月
迷醉于嘹亮的歌声
清亮亮呼唤我的
不是那古老的溪边桥
不是那韩城石门漏月和岩湖板嶂
而是梦里熠熠发光的溪
牵挂犹在，思念依然

2009年9月

收获秋天

凤凰，车轮朝着你的方向
奔跑
窗外是湘西的风景
窗内是悸动的心

每拐一道弯
退后的山梁，渐远
古城绵延的小河，渐近
我的心呵
在颠簸中跳得更欢

凤凰
那水光潋滟的边城
是我久仰的师长——
沈从文的故乡
古城廓，那放飞的风筝
几曾从我的视线淡远？
我借一缕暮色看你
天然本真
只有你，才敢这样
素面朝天

时光将夜色蔓延
朦胧将浪漫唤醒
借着舞动的烛光
满街衢的红灯笼
早早亮在晚风里
千年一回，等我来

心儿追赶月亮
漫天星光沉醉于柔波轻抚
那古老的木兰舟子
正乘皓月
从七月七漂来……

缓缓撩开面纱，袒露
在我眼前的，是你
五彩斑斓的夜色
在阵阵地呼唤着——
吊脚楼上朴素、高贵的银灯

酒吧间飘出的吉他声
穿过古街攒动的人群

越过沱江潺潺的流水
将整个古城迷漫
光在舞，水在歌
群山不语，凝神倾听……

啊，凤凰
你的美丽，让我找回春天
你的尊贵，让我收获秋天

2011年10月

走近神奇

——游张家界

雨，潇潇地下
雾气在你身边盘绕
云海在你脚下翻腾
神秘得让我无法明晰
雄奇得让我无法平静

那巨壁劲拔的神奇
那诡谲不羁的狂放
让我隐约明了
你的启迪
触手可及

你，行走于濛濛细雨
壁立于峰峰神奇
如万剑倒插直冲云霄
似八方大军簇拥而至

你，给了我
雄浑无媲的壮美
你，给了我
遐思无垠的快乐

2011年10月

樟树，樟树

村里有棵硕大樟树
饱经风霜上了岁数
柴米油盐味精酱醋
三餐新闻树下发布

昔日村人生活疾苦
虔诚祈祷变成烟雾
樟树，樟树，何方赐福
所有沧桑在此叙述

今日村里这棵樟树
枝繁叶茂已成文物
茶余饭后快乐回顾
山高水长满脸富足

樟树，樟树，如乡掌故
苍海桑田朝朝暮暮
枝繁叶茂绿荫如故
清风送爽健康幸福

2008年8月

校园的榕树

纷飞的日子，嫁至远方
在校园中枢落户
大卡远迎，车轮奏乐
你款款而来，一步三回
乍移居，暗藏秋波

时光，送走了短暂
熟悉，带来了欢颜
掀开面纱，抖落含羞
清风一缕，须绦披绿

当每个清晨
第一缕阳光如约而至
你披上晨光
和着国歌的节奏
与天使共舞

2008年10月

山

你在如血般的光晕里注视我
我在橙色的土地上仰望着你
融化的冰凌展示流淌的透明
绽放的野花装点素装的艳丽
落日的边缘是伸长的临界点
沉静的虚无是无边的海岸线

我知道，你深不可测遥不可及
那路，如暗亮色的河流倾泻而出
那林，似大海的涛声在寂静中低吟

你送走澎湃的太阳
收起落寞的余晖
冷冷地燃烧孤独
静静地守候热闹

云儿触摸你肌体的神秘
深谷藏匿你伟岸的精灵
我想用目光把你定格
在如水的画框
我想用文字把你传唱
在广袤的
天
地
间

2011年11月

空灵的思绪

风托起窗纱
舞动窈窕的身姿
翻着筋斗在空中集结

隐约的歌声透过寂静
点击着耳膜深处
空灵的思绪
已随风飘向远方

或高，或低
或舒缓，或激越
那抛给昨天的故事
被悉数唤醒
如一杯滚烫的酒
想去品尝，但无法企及
想被呵护，却脱身不得

乐曲声给出的意境
卷走了我心灵的孤寂
移位的萧疏渐次清晰——
斑驳的墙面已遍布岁月的残影
无力的双眸挂满潮湿的记忆

那随风飘起的思绪，带着
怀旧的音符渐渐飘，渐渐远……

2009年12月

蔓延的火红

春到山岗
催山野吐绿

百里杜鹃，摇落满天星斗
千朵万朵，吹响
生机的集结号

有人说，那蔓延的火红
是以磅礴的恣意
告慰浪漫的炽烈

有人说，那遍地燃烧的欲火
是以花的名义
倾泻一世的激情

有人说，那所向披靡的烈焰
是以火的执著
见证不朽的凄美

我说，这红
是以情的永恒
留下一片丹心

2009年5月

红云

——2012年春穆阳看桃花有感

绕过冰冷寒夜，牵着雾的多情
紧抱一袭沁脾的芳香
我们相会在黎明的春风里

你，舞动着心跳的脉搏
将缠绵的神韵挥洒
所有的飘落，如爱在喷涌
你不拒绝我漫山遍野的寻觅
在流动的红云里，我已明晰
每根叶脉滚落的琼浆，都是你
生命的烈焰在燃烧

你，总喜欢把爱的归期
安排在这绽放的季节
用淡淡的粉红，将天地浸染
那短暂的邂逅
那片片落英
在我的晨曦中
璨然至今

2012年3月

雪山脚下的记忆

金秋的凉意
走近披着夜色的你
仿古宫灯营造的街景
几度沉醉了我浮躁的心

漫步幽深的小巷，那
如影随形的小河跳跃的银光
带着原欲的柔情引我走街穿巷
婆娑的月影约我倾听木屋与小河的对话

朦胧的夜色隐约着一张张兴奋的脸
年轻歌者被提炼的情感如潮而至
“一米阳光”的摇滚吸引着路人的眼球
电音引爆的激情燃烧了旅人寂寞的孤单
阵阵放大的音乐唤醒了多少陈年的记忆

此时此刻
这神灵的雪山脚下
漾在心中的是
现代的节奏
深秋的意蕴
木府风云的传说
还是
东巴文化的余韵
茶马古道上远去的禅音
……

2012年10月

天目蝉鸣

据说，你在万年前
与老柳杉一起，迁徙
落户在这开着天眼的山

一向被人称为歌唱家的你
在我的眼里你只会演奏江南小调
细腻、委婉、缠绵、断断续续……

可是这次看到的你
让我一改过去印象——

以古树部落的代言人身份
面对山中来客
你捧着热辣辣的情
在枝叶繁茂的唱台上
以帕瓦罗蒂的嗓门
引吭高歌
一声声、一阵阵悦我心田
真妙啊！我的山中小天使

但山民告诉我，其实
你是在用生命演奏
我不禁心头一怔

原来，秋天等待你的是——
没有歌词的歌唱
那是多么可怕的一场呜咽啊
在暗黄色的挣扎里
你的生命很快就会停滞

在肃杀的秋风中
你留给我们
定格的翅膀，如
一尊雕塑

2012年夏

起航

穿过
眼前这或浓或淡的绿
车窗外的世界
我无法拒绝的，是你
炽热的情意

旅车盘旋而上
蟋蟀扯起高音，抛上高枝
耳膜鼓动之际
安详的老树，正轻轻抖落
千年的尘埃

没有语言，没有距离
这澄明的氧吧
恰为我们
千年一度的邂逅而设
那一地的斑驳绿毯

正以跨越历史沧桑的视野
宁静无始，厚重无垠

柳杉王者的风范
银杏同堂的快乐
金钱松冲天一吼
“地球独生子”独领风骚……

无不以历久弥新的容颜与故事
在我痴痴的等待中
美丽如初，明艳如故

啊，天目山
你这条古老的木船
在轮回中停了千年，泊了万年
今日，在一声声的蝉鸣声中
随山风渐起
扬帆起航

2012年7月

阿尔山的晨

阿尔山的晨
在寂静中醒来
大地无声，舟楫无痕
雾霭盘叶，露珠闪烁
一阵阵晨风
轻轻地拨动着层层的白桦
一丛丛野花
悄悄地在草丛中窃窃私语

阿尔山的晨
在晨光中醒来
凉风习习，泉水悠悠
阳光似镀金的钻石
在草丛中跳来跳去
一道道清泉
说着笑着奔向远方
一群群小鹿
迎着朝阳召唤四野

阿尔山的晨
在梦幻中醒来
云雾缭绕，白烟升腾
“翩若惊鸿，宛若游龙”
一阵阵香味
飘动着奶茶的醇香
一缕缕晨光
寻找着新一天的感动

阿尔山的晨

2008年7月

雨后的乌岩岭

石阶，在脚下延伸
绿色，扑面而来
叠翠的云山，是你的见面礼
淙淙的泉声，是你的迎宾曲

我驾着雾，乘着风
蝴蝶泉里觅到你的真颜
垒玉滩前寻到你万年的足迹

你把云朵当作手帕
擦亮了色彩、声音和光线
让我分享你的珍贵与遥远

你用古树擎起了蓝天
在树叶上，筛下阳光的碎片
用微风搬动水草，玩转透亮的露珠
约白云揉着翠竹的细腰，翩翩起舞

我打量你，触摸着你
福溁廊桥上长了记忆的翅膀
鸳鸯潭里洒落彩虹的曼妙
……
当我走进时间的深度
沉沉陶醉于其中时
太阳已渐渐收敛兴奋的脸

我只好裹紧
你赐给的清丽、碧野
……
一步一回头

2012年春

生命的华章

——观黄果树瀑布

你从雪山走来
带着泥土的芳香
乘坐着开往春天的船只
满载着秋天累累的硕果
用流转的欢歌演绎山间的激情
用深情的笑语架起平地的彩虹

你是大山的儿子
带着山歌的语言
穿过激流，越过险滩
与悬崖峭壁飘荡擎天的白练
与百转千回见证朴实的箴言

你是快乐的天使
在缤纷的世界里，把笑刻在绝壁
在生命的旅程中，把歌铺满大地
伟大的抉择，成就了精神的唯美
坚强的意志，绽放了灵魂的崇高

仰慕你呵
我心中不朽的生命华章

2009年5月

我心永恒

你，捧着千年的甘露
带着波波的怀想
在叮咚的鸣奏中
扯起光亮的银色飘带
以山的风骨，凌空蹈虚
俯下伟岸的身躯，飞歌激浪

你，勇于站立悬崖
敢于与山比肩
披着霞光
把天赐的清凉自头顶泻落
在天地间，涂染道道彩虹

我索性学着你
仰面朝天躺下
枕着旋律
让满眼的绿色把自己覆盖

你让我看到了，野花怦然开放的影子
听到了游龙出海的长啸
面对万溪汇聚击水成潭的执著
我深深敬佩着你呵
不问前路平坦与曲折
不问海的召唤有多远
我心永恒

2009年5月

吟唱

海风，伸出纤柔的手
梳理着我的长发

海水，亲吻岸边的水草
吹响芦荻的唢呐

海藻，拥抱小鱼
让珠贝羞羞答答

海浪，哼起鱼群的牧歌
传递沙滩起伏的童话

海礁，带着乌云般的暗语
潜在水里招呼大家

海，亲昵地用浪花
轻轻地舔着我的脚丫

我发现我和海一样
如痴如醉，收藏起
这，美丽的图画

2010年6月

灵境

走近你
走近水天一色的你
我捞起雪山和蓝天般深邃的情感
喝下清凌凌的水，悄悄净化浮躁的心湖

不是吗
我看到了
斑斓的色彩撒播的颗颗宝石
行进的丛林放飞的山间流霞
青山携色彩的明艳与湖水同醉
枫叶注九寨倾情装点迷人的容颜

啊，九寨
你用雪山浸染洁白的哈达
你用酣睡延亘神秘的面纱
五花海里倾听你微笑的涛声
七彩池边扶摇遥远的梦境

我不敢絮语
更不忍惊动
因为你教我，如何
用灵光收纳粗犷的野阔
用神奇止住脚步的狂奔

你听——
珍珠滩上豹子正唱起森林之歌
长海岸边飘来鸟语花香的神话
……

2010年秋

家乡

家乡四野，穿着繁华衣裳
树木举着叶片
溪水捧上柔情
阳光送来温暖

家乡沃土，满载希望
种子随地安家
瓜果布下藤蔓
庄稼洒满金黄

家乡瀑水，荡气回肠
霞光波上跳舞
流淌玉的神韵
寄上梦的灵光

家乡曲子，顶级交响
金鸡喜鹊绵长
蛙声歌声不断
风格迥异，轮番登场

家乡景色，如愿以偿
跨过季节门槛
不留岁月遗憾
驮着童年的梦
行走四方

2010年8月

你，依旧

——访宁德龟山寺旧址

曾经的繁华远去
荒野，偶见残墙抛裸
依稀，躺着你斑驳的碎片

黑土深藏着古音
无力长出记忆的圣典
我苦苦于石板祥云中寻找
你的踪迹——

在乡人的诉说里
在典籍的呻吟中
几曾，令凡尘视线震赫
几度，让千年沧桑释然

那苍老遒劲的手
擎着历史
书写无言的悲壮

河面上流淌着你的笙歌
废墟中长眠着你的静谧
每一条断石
都深情地刻下肃穆与虔诚
每一阵水声
都倾情地诉说众神的禅音

生命的沧桑在这里沉淀
时间的冷暖在这里变奏，你
以生命的真实洞穿存在的苦难
以精神的灵动眺望时光的永恒

如今，青山依旧
流水依旧
你，依旧
擎一片纯粹的绿
润泽凡尘

2011年冬

春野

春雨的小蹄，密密柔柔
轻轻地，吻着黑色的泥土
春讯向土地发出了
邀请

路边的野花
挂满晶莹的珍珠
低矮山梁上的小麦
扯起或浓或淡的绿

山谷中的树木，借
雨雾撑起了擎天的伞
这，奏响的田野，如同
抽象画，布满了
春的欲望

那一条条小溪旁
雨，抚摸着神气的草尖
怀想着复杂的心事
悄悄地，让溪水带走落英

2007年4月

夏至葡萄沟

绿阴隆起的河床
缀满紫色珍珠
哗哗的流水穿石而过
彩蝶绕着藤蔓翩翩起舞
一片片绿阴的凉篷
延伸着幽长的宽广

太阳穿行在河面上
时而拉长
时而缩短
冰凉的世界里
反射出滋润的光芒

一场硕果的比赛
在绿色隧道中摆开阵容
大小、多少，次第登场
那一串串灵动的精灵
柔柔的、甜甜的、盈盈的

在这片土地上
高空倾泻的烈焰悄悄遁去
河水轻抚的欢畅此起彼伏
瞧！几只嗡嗡的蜜蜂
在浓密的果叶旁如影随形
甩尾的小鱼
不失时机地弹奏
梦中的欢愉和清悠

2011年夏

听你的独语

高大的古柳
如此伟岸而神秘
经历千年沧桑
赫然挺直
富于情调

号称人类的活化石
一手擎着天，一手牵着地
守住寂寞，秉承执著

且看奔波于红尘的我
拖着修长的影子
从点到线、从线到点
在喧嚣中穿行
在梦幻中求索

今日，让我走近你
倚靠着你的身躯
约你为我遮荫
助我卸下重负

让记忆的包裹打开
淡去烈日的狂吻
以怀旧的调子
放飞儿时的风筝

呼呼，哗哗
哗哗，呼呼
我侧耳倾听你的独语
心一阵阵地滑翔…

你的独语，有如我的天真
你的肃然，有如我的诡秘

我拟在你雕刻的年轮上
留下曾经的印记
记下青春的年华

2012年夏

海啊，父亲

父亲，你很英俊
日日枕着朗月
夜夜透着灵光
清风为你梳理波涛
太阳为你打上烙印

父亲，你很豁达
你用唇语颤动
一次次，百折不挠
一回回，衔来良知

父亲，你很善良
面对蓝鲸的落泪
面对青龙的咳血
化枪弹为金杯
化干戈为玉帛

父亲，你很勤劳
面对赤道的热吻
面对北极的疏离
携北风去和解
请南风来调停

父亲，你很伟大
面对辛酸的迷茫
面对掀起的狂飙
你，千百次叩问
千百次重来
圆合被落日焚毁的大门

海呀，我亲爱的父亲
是你告诉我，用
刚强的臂膀，托起
天堂的晓月

2011年秋

钥匙

沿着客轮远去的航向
海面打破了水原有的平静

远足的鱼眼里，天空隐约
两岸的青山，来来去去

途中，穿越灰暗的桥底
如跨过漫长的黑夜

天，渐渐被倒翻的墨水浸黑
夜巡的水鸟沿着航标灯
在闪烁的黑白词汇之间跳跃

海水，在无船的地带涨潮
寒冷，从陌生的事物中飞来
向更冷的地带飞翔
这个夜晚，棉袄变成降温器

海里的星星早已躲进云层
寻找——
打开黑暗的钥匙呢

2011年冬

草原，亲爱的父母

草原，你如
柔情似水的母亲
饱受太阳之吻的母亲啊
你用甘甜的乳汁，孕育生命
你用新鲜的空气，催生碧浪
水草丰美你滋养
牛羊成群你哺育
你带来了马背的天使
把歌播在大地
把福藏在心里

草原，你如
开朗豁达的父亲
粗犷豪放的父亲啊
你用双臂拥抱苍天
大浪淘沙显雄鹰
沧海横流奠英雄，是你
把气魄交给了蓝天
把胸怀留在了人间

草原，亲爱的父母
你养育的儿女刚柔并济
是你，把我的生命
带向永恒

2009年8月

第三辑

诗：晚来的潮声

你是我不变的方向
我蠢蠢欲动地低语
一如既往地高歌
我流淌水的坚定
我激荡火的热情
只为在卑微中
孕育高尚

城市街边的树

一个城市的历史是记在街边树龄上
按某个逻辑编辑的老街，都有它的保鲜期
黄昏用余晖蒸发了他们的时间
夕阳以绝唱形式在他的发际间沙沙作响

往昔陪同老树的街边风景
已被拆除，只有那张开手臂的梧桐树叶
在立秋后，迫不及待地涂上色彩
给季节发出一份份邀请
树脚下穿的绣花鞋，在零散阳光的照耀下
穿了又脱，脱了又穿

每到夜晚，那呆立街边的树，常常遭遇
被打湿街灯长久的注视
他们在摇曳的光影里，找到自己的定位
以清晰的力度，带着光进入暮野

街边树影下，布满人群
汲取了树带给的氧气
但，人们哪能读懂身边这些
在相同的土地上
吃尽粉尘的语言

2011年10月

人之生

人生
漫长而短暂
活法不同，生死归一

有人说是赌局
胜者为王
败者为寇

有人说是演戏
登台亮相，演绎精彩
曲终人散，空无一人

有人说是南柯一梦
云里雾里，超越时空
回归现实，依然故我

有人说如雪花飘落
潇洒、曼妙、轻盈
淡定、洁白、来去匆匆

有人说人生如流水
青年如上游
窄小、湍急、任性
中年如中游
宽宏、稳健、睿智

老年如下游
舒缓、豁达、深沉
有人说人生如赴宴
宾朋满坐，对酒当歌
酣畅淋漓，醉我今朝

我说
人生如树木
生于土长于土回归于土
在生命的周期里
你想长成什么树
就是什么树了

2008年2月

一种本领

胸怀是委屈撑大的
把误解当香茶啜饮
视嘲讽为清风拂面

胸怀是熬制出来的
岁月沧桑，荣辱不惊
修竹有情，兰香沁脾

胸怀是博大滋养生成的
它植根于生命的赐予
绽放于万物的感恩

上天啊
请赐我一种本领
把委屈的痛苦深藏于心
把温馨的快乐回报
给天
给地

2009年1月

桥

当路的延伸被水割断
当人的脚步被水阻挡
当马的前蹄被水淹没
当车的线路七拐八弯
此时，总有人会想到你
高矮长短，宽窄大小，粗犷精细……

诗人说
你是土地对土地的联系
你是河流与道路的爱情

我说
你是河流共擎的彩虹
是俯视广袤原野的巨臂仙人
是置空提钓的网鱼高手
是征服大海的苍龙
是饱经风霜的历史老人

你拱起的是水晶宫中的奥运五环
你流转的是铿锵的音符

鸥鹭带着风声
抚摸你的肌体
海浪划破晨曦
亲吻你的脚踝
水鸟衔走，你和煦目光中的清澈
碧海迎来，你阵阵涛声里的朝晖

你总是——
细细地用流光定格时代的模样
痴痴地用智慧编辑梦想的楼台……

我爱你——
生命中不可或缺的桥

2008年11月

放飞的风筝

纸是游子乡愁的寄托
牵肠挂肚，家书万金

纸是逝者悲歌的魂灵
化作灰烬，遥寄天国

纸是智者梦中不眠的眼睛
在天为云，在地为菊

纸是一堵神奇的墙
钻不过去，透不过来

纸是生命的账单
褒则为荣，贬则为耻

纸是稚子放飞的风筝
心有多高，梦有多远

纸是水上的一叶扁舟
我在此岸，你在彼岸

2009年9月

理想

有人说你是经过包装的欲望
我说你是超越欲望的呐喊
有人说你根本不用想
我说想你就得想到天亮
你在我心底
我在你船上
我跟你一起进发
你和我一起远航
泪流满面，或怦然心动
亦悲亦喜
我渐渐清晰你的背影
指尖努力触摸你的芬芳

生生世世的求索，寻觅
你是我不变的方向
蠢蠢欲动地低语
一如既往地高歌
我流淌水的坚定
激荡火的热情
只为在卑微中
孕育——
你的高尚

2011年3月

寂寞是……

寂寞是花
美丽而忧伤
开放于心灵的原野
让忧伤和无奈翩翩起舞
让爱恨和情仇落泪成金

寂寞是歌
优雅而飘逸
敲打心灵深处的皱纹
让生命在沼泽里独步前行
让活着的头脑始终清醒

寂寞是酒
唯美而醇香
醉倒在泪眼问花花不语后
让醉意送走尘世喧嚣
让美妙萦绕在天上宫阙间

寂寞是水
透明而平淡
回归在宁静与淡泊心境里
让人怆然独念天地之悠悠
让人在飞花落絮中寻到玉洁冰清

2010年12月

你是新旧更替的使者
见证岁月轮回
生命蹉跎
曾几何时
稚子的期许
少年的展望
都变成一棵棵
参天大树

无论是昔日的彷徨
还是今天的辉煌
在你如歌的履历中
都会成为醉人的陈酿

除夕

别说过往
统统划上句号
你——
是酒，是诗
是山重水复，是柳暗花明
寄一个希望
让所有澎湃的愿景
在爆竹声中
插上喜庆的翅膀
飞翔——

2009年12月

沉睡的灵魂

这千年不退的哀伤
是汨罗江边
悲壮的吟唱
刻在国人记忆的《离骚》
日夜吹响
求索的号角

《九歌》的韶舞里
气韵款款送来
一缕古风
一曲笙歌
一把长剑

那陈年的酒
那古老的诗行
早把粒粒心事，打包成
瑰丽珍奇的琼佩

不甘寂寞的雄黄
带着浑厚的酒香
占满流动的空间

菖蒲支起的脊梁
艾草香熏的角黍
在初夏的火红里
在龙舟呐喊的音律中
深情地唤醒——
沉睡的灵魂

2011年5月

没有手机的日子

没有手机的日子
是十分平静的日子
全封闭——
让“中高”评委
蜗居此处
几昼夜
还放逐的心宁静

在桃花源里
守一座城堡
览一方风景
那肃穆的眼神
由一个空间延伸至
另一空间
屏住的呼吸
营造出一片肃静

没有手机的日子
是十分清幽的日子
全封闭——
让“小高”评委
心怡此地
少了尘世纷扰
多了侧耳倾听

渐入仙境
来，请到桃花源里
赏溪水的凌波
看花蕊的盈光
在一场场风的鸣奏中
让我陪你，领略
这一路风情
一野箫音

2008年11月

注：“小高”评委指当任小学中学高级教师评委

守候

喜欢牵你的手
在繁华的闹市
在僻静的乡间

彼岸，繁花似锦
此岸，春光明媚

温存，伴随一生
承诺，照亮虔诚

在渐渐老去的年华里
散一抹淡香
我依然站立在
与你相识的树下
静静地
守候——

2009年11月

呼唤

在你面前
我已变成夜莺
你急促的呼吸
撩动了寂寞的天庭

今夜的风
满是和声
隐约那个遥远的梦境

小道蜿蜒而去
站在时间的河岸
我心颤动
抖落一地憧憬

远山的呼唤
沸腾的热血
扑闪的双眸
如星辰升起

耳畔微风推进
美妙的歌声里
那些青春的背影
正悄悄穿过
这静静的密林

2009年9月

珍惜

趁你年轻如东升的旭日
趁你激情如燃烧的火焰
趁你气势如天空的彩虹
趁你清丽如水中的荷花

趁你的心境纯洁无暇
赛过夏夜湖中的朗月
趁你的思维敏捷
快过离弦的令箭

你，美梦正酣，花开正艳
享受你乍到丰满的成熟
狂野姿势的圆润
丰盛佳肴般的爱

享受你独一无二的财富吧
莫让花蕊凋零
莫把青春埋葬
NO！ NO！ NO！

2011年6月

走过冬季

不知不觉，走进冬季
北风冷酷，我一次次抵御
却终究难免——
被寒流冻伤

这风的肆虐
锁紧了奔放
多少豪情缩水
多少灵感遥寄
点亮的炉火
转眼间
熄灭在茫茫雪地

我以这身躯的热能
抖落不属于我的寒意
甩开无奈的羁绊
卷起希冀，让
结实的雪橇和忠实的狗
驮向远方

他日回望
那雪地留下的密码
装满问号的箩筐
那一座座被寒冷膨胀的雪山
把自己坐到消失

谁人苍白的记忆
再无力讲述河床的秘史
曾经狂妄的河流
在一声“立定”之后
已哭不出泪滴

2011年12月

我爱你，语文

有人说，你是功利的
那是因为你的自身功能使然

有人说，你是科学的
那是因为你的头脑风暴经常

有人说，你是唯美的
那是因为你让人找到了家园的欢畅

有人说，你是多彩的
那是因为你让我迷失在万花筒的远方

我说，你是属于天然的
因为你的胸怀
足够我点亮所有的
梦想

我爱你呀，语文
我的生命
总是根植于你的
五彩斑斓

2009年7月

婆娑的记忆

我徜徉过深深的绿水
跨过文字的沟壑
在青青的文海里
细细雕刻我婆娑的记忆

我想挽住飞翔的诗意
不让优雅在红尘中忘记
拥一世的温柔，滋养
生命的透明

如小草，似野花
以低俯的笑靥
蕴藏大地的温暖
静静地融化凡尘的污秽

寄岁月的茶，在沸水中
沉浮清幽，氤氲醇香
从肺腑中吐出真言
在浸润中交出底色

飞鸟衔来的梵音，如水
终将把时间之石滴穿
那是一颗太阳的种子
被晚风摇落沃土

N年后，从地里
长出光明

2012年3月

梦的珍贵

凡是烫发的女人常常紧绷着思想那根弦
把从水里打捞出来的头
种上一朵朵铁花，说是美的程序
那一根根系着命根的青丝
仿佛正在遭受一场劫难……

每个女性都企图超越那种障碍
去寻找最靠近自己心中的梦
只要能编辑美丽的意象
她们就会绞尽脑汁
竭力用完蘸足的墨汁

其实
她们都忘了谢幕的日子
上帝赐给的干粮都是有限的
只不过有人吃得快，有人吃得慢
如何让干粮的作用发挥极致
这须费一生研究却永远无法了结的题
但心却向往之

2012年7月

课的篇章

朗朗的读书声浪弥漫着校园的天空
我用倾听的姿态，以
欣赏的惯性，往美的方向行进
内心的沉寂，因此，被美妙唤醒

书香溢满的张力
推动着潮水般涌向教室的少年
那思想装满台词的人
在这场生命对话中运足了拿捏的功夫

课堂绽放的礼花，吸引了所有听者的眼球
生动的情节营造起来的灿烂
使原本抽象的理论
瞬间被艺术化地激活

待我从陶醉中清醒时
天空的唯美已弥漫在我的心湖
久久，久久无法散去

2012年11月

超人的力量

有一种人具有超人的力量
能够使人活得愉快
也能使人处境悲惨
可称得上是制造痛苦的工具
也可道为启发灵感的鼓风机

从心灵里倒出来的东西
有时能让人丢脸，有时能让人开心
有时能伤人情感，有时能救人一命
有时在你脑袋里灌满沉重，使你无法走动
有时在你的背后轻轻的点拨，使你轻而易举直上云天

据说，这其中的奥妙
在于方法和情绪的诠释
这些气氛与情景所造成的结论
会产生两种情况
一种是绝望的恶果
一种是希望的曙光

2012年9月

必修课

有一个地方
人的头脑杂草丛生
有一个地方
人的思想像蛇爬行

有一项工作
不停地向人的头脑灌东西
有一项工作
不断地叫人机械学搬运

有一种人
如树上的小鸟叽叽喳喳
有一种人
如饱食的小猫昏昏欲睡

有一件事
如登高山望而却步
有一件事
如游大海无边无际

地方也罢，工作也罢
人也罢，事也罢
是也罢，非也罢
据智者说这功夫
是人，一辈子
必修的课

2012年5月

讲座

有人打扫场地
有人搬来讲台
一些人在指挥另一些人
进行从门口到讲台的重建

场上所有照相机都已到齐
那人把衬衫的衣领整了又整
些许后，他从
生锈的议题中，挖出
回收的东西
经过包装，取上新名

据说，这东西是专门讲给
不明真相的人听
知之甚少的人听
一无所知的人听

事实上，总会有人知道这东西的品质
别以为那经过掩盖因果的草堆里会长出新芽
而那些主导动机的人
都拥有
狙击手的敏感力
凝视未来的穿透力

2012年3月

一种快乐

能亲近文字是一种快乐
在公平给予的世界里
流淌真情解读方块密码
讴歌生活穿行字里行间

能亲近文字是一种快乐
在人头攒动的喧嚣里
观世间百态于眼底
表人间万象于指尖

能亲近文字是一种快乐
在守住人性的疆界里
如绿洲润泽饥渴的荒漠
似暖流直抵心灵的溪涧
能亲近文字是一种快乐
它——
属于你，属于我，属于他
属于在这里拥抱孤独
然后
告别孤独的人
……

2010年8月

筷子

耸起来如一山屹立
躺下去似两河汇聚
这银色铁犁
是一对孪生兄弟
在华夏大地生生不息
将东方文明代代传递

盘中餐里
你最先感知颗颗汗滴
健康路上
你告诉我幸福不易
苦去甘来
辛劳不向人提
碰撞交集
烦恼随手抛弃

筷子
你丈量着
从手到口的距离
也叩问我
口与心的距离

2011年5月

向“1”敬礼

拥有智慧锦囊的你
喜欢老牛伏骥
无须黑夜追击
你自向前，一路盘点数字的节拍
奋力奏响时代的音律

打从记事起，你
成了无数挑战的标记
序号队伍，尽显威力
冲锋在前，从不顾忌
鲜花、掌声，记录芳名
长长的利剑，劈出了奇迹

呐喊声里掌声如雨
珠穆朗玛峰上，雕刻印记
吉尼斯家族里，挤满兄弟
太阳也难以掂量你的伟力
人见人爱佩服你五体投地

如今实现了“成绩”的优异
诗人，在大地上贺诗激励
向强、向高、向恒久，敬礼

美妙的翅膀

——走进童话

走进你，走进你那自由的天国
你告诉我，你很小、很小
可你居然也能变成
超人

你让我在植物谷仓里
听到米老鼠与凯蒂猫的
窃窃私语
你把狭小的家园
分割成片
让动物们
在各自的时空隧道
任意穿行

在小人国里，听
天上巨人怒吼
在网上，看
蜘蛛编织文字

你说，那些笨蛋和愚蠢的人
其实，是世上最聪明的人
真正的猪倌
也能成为公主的丈夫
……

神奇的世界多么美好呀
人不可以年轻两回
但活在你的世界里
会永远年轻
住在你的房子里
会永远年轻
听懂你的话语
会永远年轻

因此，我将灵魂安放在你这里
用全部的童真向完美伸臂
从天堂找回我遗落的翅膀
在你的家园乐此不疲
来回地飞

2012年3月

时间的唠叨

基础不牢靠的事情，支点模糊
众口在乱云翻滚中幻化
真知在弥乱的灯下迷离

有心构筑了浩大的工程
无力拽住飘浮的主张

在布满破碎符号的现场
只听到一种人以当然的恣意
蒸发着另一种人的情和智

是谁使人脑失灵
纷涌而至的是，蒸发的省略号
切割的视窗
挡住了直射的光线
尘嚣落日的余晖，泛现
金色的轨迹，流淌的沉吟
已黯淡为一粒不长芽的种子

时间的唠叨
引发不解的感叹
难道这瘦长的虚无
都是曾经的一个占位

2011年冬

时代的热闹

没有一堂课可以凝固历史
可以把这老题解出
可以消除一个时代的热闹
我想起苏霍姆林斯基的育人之道
想起了孔子的仁心，老子的深邃
教师课堂的沉默有如麦田守望的沉默
词语，方程，定律都成了
一个个问题，但不是最后一个问题

我想起太阳的强悍，月亮的柔和
没有兵阵的输赢，没有静止的恒河
长大的光明总是要吞下黑暗
拥抱灿烂，在喧闹的生命中，珍惜
每个黎明吧

2011年12

竹之道

你吸足地气
披上锥形盔甲
冲破了层层的恶土
顶翻了千钧的顽石
以势不可挡的姿态傲然面世

你，成长的路上一路高歌
挺拔的身姿、虚心的品格
烈日的火焰为你催生碧野
冰雪的偷袭为你送来寒风

你，恪守青翠
坚定本色
静静地伫立大地
默默地凸显几分高洁

让人观之如见心
赏之如悟道
以超然的视野，赐
懦弱者以力量
以不凡的气节，赐
思迁者以忠贞

你
引人驻足
催人自新
让人仰视

2012年5月

汗水

在山里
热，找到了它盼望的泉水
而你，则找到了渴望的天堂
你的渲泄、你的挥霍
引发一场扑天的泛滥
带着海腥、带着咸味
掀起了阵阵激浪

在生机的王国里，你
悄悄地弹奏机能的杠杆
默默地耕耘奉献的无私
在大地震撼中
　　　　一滴又一滴
在奔腾脉络里
　　　　一程又一程

你把生命描绘，有声有色
诗人说你是
　运动的儿子
　　太阳的表弟
　　　眼泪的兄长
我说你是
　紧张的独语
　　激动的欢歌
　　　劳作的奖章

2012年6月

一粒种子

有的时候
我将自己具体成一粒种子
一粒点燃激情的种子
在春暖花开的季节
唤醒沉静的原野
激活土壤的生命
为大地带来新的希望

有的时候，环境会制造麻烦
黑暗放肆不羁，石块蛮横无理
我沿着弯弯曲曲路径
和着，伸屈的节奏
为大地吹响生机的号角

有的时候，生命之舟会带上我
随意把我包裹在风里远行
然后打开树林的锁，住进了小草的屋
为大地奏响生命的最强音
有的时候……

2012年3月

狗

它是忠诚的卫士，温馨的主人的伙伴
不分昼夜依然精神矍烁
身为强悍又机警的宅室特工
鹰似的眼力，深居简出

号称逻辑专家、也是情场老手
环顾四周，发表橙色的恐惧
黑暗缉拿，结论一目了然
主人粗心便是骄傲的驱遣

耷拉的酣耳， 能迅速发布信息
以高昂的姿态诠释自我的威严
连衙门两旁的大狮都无法企及

又黑又长的嘴巴有探不完的秘密
红色的碎片，还有模糊的轨迹
神秘的鼻子编辑高深的理论
摇摆的尾巴从没拒绝远方的召唤

是也罢、非也罢
它每时每刻，都在
倾心尽力

2012年5月

情节的抵达

落日的余晖送走晚餐
她们在夜晚温柔华灯的关照下
带来了按节奏编辑的程序

在没有契约的过程中
占据城市寂寞的空间
她们有先来的后来的
按自动习惯秧田似地分布

这里不分地位，只分学力
示范的动作在被聪明人不断复制
那些手脚不听使唤的
只能呆立在多余的时间里描绘

这一群让肢体笑起来的女人
扭动着小径似的腰身
想象着用玲珑的曲线去捆绑爱情
据说这种情节的抵达可以和谐生活

时间在月下移动
韵律在动作中起伏
女人们用汗水书写的格言
就这样，一滴滴打捞

2012年6月

第四辑

诗：爱的召唤

你对，劈开荆棘的希望从没放弃
匡正畸形幼苗的脚步不曾停止
为点化沉睡的顽石
你以凛然的威严昭示着饱满的爱

能从事教育是一种幸福

——谨献给从事教育工作的同仁

能从事教育是一种幸福
它让生命仁慈与豁达
在爱心播洒的世界里
不曾偏心
不曾放弃
不言失败
不言残缺
爱在当爱处，言在立言中
生命的轨迹在尽情地滑翔
成长的脚印在无限地延续

能从事教育是一种幸福
他让生命淡定与从容
在物欲横流的喧嚣里
无须随行就市
无须附势趋炎
不分贫富
不分贵贱
乐在沃土上，富在心波里

生命的价值在纯洁的心灵里升华
人格的丰碑在薪火的传递中耸起

能从事教育是一种幸福
他让生命浪漫与快乐
在百花齐放的缤纷世界里
无须在乎花开的快慢
无须厘清花蕊的大小
不分色彩
不分强弱
美在徜徉中，醉在馨香里
生命的华彩让枯木吹响生机的号角
燃烧的岁月在缀满硕果中走向传奇

能从事教育是一种幸福
……

注：本诗为2012年宁德市教育局春节团拜会而作

九月的低语

在感动的季节里
你迎来了果香、菊黄
守望的丰收麦浪
氤氲着淳淳的爱

你的祝福如秋叶
一片片、一阵阵地猎猎地飞扬
那份无法遗忘的敬仰
给了我一生刻骨的珍藏
那温婉的情节，那无声的腾跃
鲜活在指行间，流淌在课本里

你默默地用心照亮先来的后来的
让无数飞翔的小鸟儿拥有了新的渴望
天边的拂晓打开了启明的星辰，如你
引人走向梦里无数次闪现的光明
你的真诚装满书包的希望，就像
沉甸甸的麦穗

你是海边守望潮归的岩石
尽管狂风暴雨将你的生命逐渐耗尽
你依然以生命的低语
吟唱在海的深处

2012年9月10日

童年时光

童年的河
弯弯曲曲
有时浑浊不堪
有时清澈见底

童年的歌
潇潇洒洒
有时在五线谱上跳跃
有时在奏响的天空游戏

童年的书
真真切切
有时把伪装本领当作天然的保护色
有时把斑斑劣迹当作流芳百世的回音壁

回望着那渐行渐远的童年背影
我不禁潸然泪下，记下日历
……
因为它，再也回不了从前的花季

2011年6月

学习那些事

今夜，你童音漫过的地方
不经意间走入我甜蜜的梦境

神奇的小不点，驮着一堆词语
随意选择，倾心拨弄和谐

那些被抛弃的符号，为求
韵律的完满，被命令飞翔

很多的思维，如春季
争先恐后占有阳光

方法被隔绝的空间
竭力召唤氧气的呼吸

那滑进，浑浊池塘的词语
很难找到，坠落的清晰

2011年6月

师者的季节

你踏着轻盈的步子缓缓而来
朴实的脸上总是写着
恬淡从容的幸福
智慧的烛光照亮蒙恬岁月的混沌
点启心智，挥洒如雨的汗滴

你对，劈开荆棘的希望从没放弃
匡正畸形幼苗的脚步不曾停止
为点化沉睡的顽石
你以凛然的威严昭示着饱满的爱

真诚的唤醒，开启了个性的坦途
传承的薪火，在理想之光的朗照下
如树上的百灵鸟，唧唧叽叽
深情地弹奏生命的乐章

2010年9月

读你，孩子

读你的眼睛，孩子
这个全新的世界在你眼里
是雨后的彩虹
是夏夜的繁星

读你的耳朵，孩子
这个全新的世界在你耳中
有溪水在演奏
有鸟儿在欢嬉

读你的声音，孩子
这个全新的世界在你的歌中
是夜莺的歌唱
是百灵的鸣啼

读你的心境，孩子
这个万千的世界在你心中
是童话城堡的纵横
是开心果园的飞跃

孩子
你是我百读不厌的诗句

2008年6月

别了，我的小天使

别了，小天使
我循着童音寻找你
那穿过秋水打湿的双眸
闪现着课堂智慧的神秘

别了，小天使
我依然站在你出发的起跑线上
目送你如离弦的箭，奔向远方
用力的呐喊，那干劲
屏住了校园的呼吸

别了，小天使
我依然陶醉于三尺讲台
倾听你花开的声音
涂抹你光芒的底色，渐渐地
长大后，成为我骄傲的，是你

别了，我已在沉淀的时间里
梳理放飞的梦境
送走岁月的无眠，轻轻地
包裹被你打开的记忆

2010年12月

逝去的日子

逝去的日子并不遥远
那留下或深或浅的脚印
布满前行的艰辛
任季节轮回，历久弥新

逝去的日子并不遥远
独步塘边，水波潋滟
咀嚼曾经挂满泪珠的岁月
银铃般的呼唤扑扑簌簌地从天空撒下

那沸腾的声音如钱塘江潮涌
沿着地平线飞奔而来
卷起了狂涛，留下惊叹，又
浩浩荡荡奔向远方，我默默地
收藏起，这份震撼的瑰丽

尽管迷迷茫茫的路依然风雨兼程，但
我的憧憬一定会循着你的脚印浪迹天涯
因为我的心——
永远不能平静的是，校园中那古榕的呢喃
魂牵梦萦的是，无数童真眸子的写意

2010年12月

梦中的精灵

哦，梦中的精灵
为了你，我爱上童话
在情节迸发的空间
全是你放飞的彩球

思维涌动的日子
你以独立的姿态
带着问号上路
在词语的稻田里
如野兔赛跑，似蝴蝶蹁跹

你的每一个顿悟
给足了我智慧的面子
在寂静的旷野
在深邃的星空
沙子、树叶为你送来了灵感
星星、月亮为你唤来了神奇

你精心挖掘的情感金矿
一次次引发自由气场的叠加
目标的诱惑扑朔着无法抗拒的异见
感官的触角直击着混沌视界的光明

哦，梦中的精灵
在百花争艳的季节
盈满百鸟争鸣的山谷
你曾赠予我无数鲜艳
留给我收获不尽的秋

2011年1月

童言

很多时候
你带着自己的偏见
泼洒淘气与固执
也许，只有幻想的小蜜蜂
才知你心空的童语

母亲的“殷勤”令你窒息
你不屑于这种爱意
时不时点燃火焰的灵感
将思想廉价地出卖

你喜欢在火红的五月
用碎语去建筑那个美丽的城堡
以独立老树的姿态
和小鸟做个经典访谈

那些时光，在河里跳舞
透明的河水悄悄装入光溜溜的脑袋
自由舒展
带着童谣，飞奔

童年的夜，不需装饰
绿色的原野，不断蔓延
它，总在诗的季节里
长出无数的快乐

2010年6月

请原谅

孩子
是我把你带到这世上
却没能给你母亲真正的爱
早晚忙碌于教学实践
而把无限的等待让你消磨
亲爱的孩子，原谅我
我没实现母子心手相牵的承诺

孩子
是我把你带到这世上
却没能尽到母亲真正的爱
成天忙于“爱心”工程
而把你丢给电视和年迈的外婆
亲爱的孩子，原谅我
让你遭受了无边的孤独与失落

孩子
是我把你带到这世上
却没能尽到母亲真正的爱
而我却忙于课题研究
把你关在房内完成无味的抄模
亲爱的孩子，原谅我
没能及时给予你纠错

孩子
是我把你带到这世上
却没能尽到母亲真正的爱
周末我却忙于给学生补课
无法陪你欢度周末
亲爱的孩子，原谅我
没能给你童年应有的快乐

孩子
是我把你带到这世上
却没能尽到母亲真正的爱
一味儿为了未实现的理想
让你幼小的心灵遭受折磨
亲爱的孩子，原谅我
过分的固执和对你的冷落

今日起
我要用百倍的努力
让爱驱走你的
枯燥、寂寞

2005年11月

我知道

我知道
替你担当的日子已成过去
为你骄傲的光景渐渐来临
当校园的钟声
泛起涌向教室的潮汐

我知道
潮水漫过的地方
一定有无数浪花寻觅
阵阵掌声是拍岸的声音
搏击潮头是激浪的恣意

我知道
海滩很快抹平脚印
海水依旧海阔天空
我只好系上你们的名字
放飞风筝
在金色的沙滩上飞翔
让风景成为传奇
让彩虹绚丽天空

2011年12月

在渐远的别离口

那个深秋的日子
一只即将远航的船
依依离开难舍的港湾

熟悉的脸庞在雨中作别
牵挂带去别离的信笺

我以坚强撑起怅惘的心空
任几多记忆被清风淋湿

因你而来，静静地走去
时光渐远，难以触摸

航笛奏响
目送你背上绿色的行囊
在雨雾中
穿越迷茫的心海
开始新的起航

当你倦时
请记起我的祝福
还停在这——
初发的渡口

2010年10月

希冀

自从看到你的第一天开始
你始终在我的视线中没有走远

为你，我什么都愿意
我想倾一片绿阴给你
阻挡烈日对你的放肆
驱走风沙对你的煎熬

我想聚一束光带给你
照耀你一路求知的虔诚
让你移开阴影笼罩
止住黯淡的侵袭

我总是这样想
让你多见阳光
多经风雨
多呼吸新鲜空气
不让你在晦暗中迷离

其实，你早就看出
我用心良苦的奥秘
因为你已拥有
像鸟儿一样飞翔的
希翼

2008年9月

为什么

为什么止步不前
是否依恋这沐浴的光华
为什么羞羞答答
是否太阳的温暖过于热辣
为什么拒绝成长
是否生怕花蕾过早开花
为什么怕这怕那
是否担心失去撑起的支架

我愿每天携一缕阳光给你
在芬芳的花园里
孕育饱满的种子
长出人生哲理
让它生根开花

2008年5月

我喜欢这种感觉

我喜欢这种感觉
喜欢和你乘着凉爽的风
在轻柔的风中
在微凉的雨里
听你清亮的童音
看你绽开的笑脸

我喜欢这种感觉
喜欢和你迎着初升的太阳
在沸腾的操场上
在鲜艳的国旗下
听你唱国歌
看你立誓言

我喜欢这种感觉
喜欢和你共同走进生命的课堂
在个性飞扬的教室里
在视界融合的诗画间

听你声情并茂的颂读
看你如痴如醉的表演

我喜欢这种感觉
喜欢和你徜徉艺术的天地
在色彩缤纷的世界里
在音乐的律动中
看你挥洒的动漫
听你悠扬的歌声

我喜欢这种感觉
喜欢和你一起遨游梦想的天空
在广袤的宇宙中
在放飞的心海里
听你的宇宙宣言
看你的欢呼雀跃

我喜欢这种感觉
和你一起的每分每秒
孩子，我都是
如此地
喜欢……

2010年9月

恒久

幽静疏朗的夜
你的影子如潮水
包围着我，涌来

思想满是你奔跑的脚印
杏坛耕耘的快乐，已
浓缩在校歌的节律里，烘干

久违了，我的莘莘学子
我心空月亮的弯钩上，依旧
挂着你的影子，虽然只能
聆听岁月的脚步声
无法重回走过的石径，但
经历了春夏秋冬的我，依然会
伸出双臂把你托向远方

岁月，像炊烟飘逝
至今，无法忘却的是
在课堂深度里
那沸腾的缄默
那火山的寂静
那花开的无痕

这些校园记忆
如雪花纷纷飘落
如星星璀璨怡人
景，从最美的地方积聚
情，从最深的心里种下

我的梦，快要熟了
这，只有你
才能读懂的呓语呀

2012年10月

雏鹰展翅

我幸福、快乐的小精灵
你的名字叫雏鹰
在蓝天里，在风雨中
你倾泻整个的心飞翔

自你从大地一跃而起
就不歇地边唱边飞，边飞边唱
悦耳的声音，如流动的音乐
那稚嫩的翅膀一天天练硬

越过高山，飞过丛林
以搏击风雨的勇敢笑傲云端
蓝天下的你
形如一团火
疾如一阵风

当夕阳放出了金色电闪
我看到那明亮的云间
你依然翱翔
如精彩的演出才刚刚开始

当白天渐渐被夜晚吞没
这些开始与你的翱翔融合
好似星星拥抱白日的天空
虽看不见，却能分享到你的欢乐

这是一次成功的搏击
整个大地和天空都为你讴歌
有如皓月皎洁的夜晚
光华溢满了天空

2010年8月

无声的语言

他专于以独特的语言唤醒想象
姿态芳菲婉约
他所营造的意境
会穿越时空，会直抵心岸

那一双神奇的手
容世界流淌于指间
天马行空，勾勒线条
行云流水，弹奏生活

带着思想的冲动，苦苦寻找
沙漠的甘霖
驮着疯癫的雅号，痴痴求索
信仰的归宿

有时能把先前被遗弃的东西
重新释放出前所未有的生机
有时能把万千的梦幻变为鲜活的感动
未知的世界，感知心灵野渡
无声的语言，领略一路高歌

他总是对蓝天带着感激与真诚
深居简出，独立傲世
不经意间也会招来一些杂音
但每个人都知道他存在的价值
他以无我的境界，为他人
撑起心灵的天空

2012年8月

窗

夜幕一脚落地
你便透出灯光
如此普通，如此耀眼
……
那扇透着灯光的世界里
也许是一位少年
为求证太阳黑子
正争分夺秒地征战
在寂寞中煮熟蒙童的稚气
在鏖战中叩击奥秘的疆界

也许是一位教师
为托起明天的太阳
正在编织知识的花环
作业簿上，留下一道道红色的电光
备课本上，铺下一层层智慧的台阶

也许是一位慈祥的母亲
她正心系远方的游子
拿着那有点不听使唤的电话筒
一次次欲言又止，颤颤悠悠
一遍遍反复叮咛，真真切切
……

2008年3月

课

在虚虚实实之间扑朔迷离
她们让一些人情感迂回、叠加
倾心酝酿，逐个出卖
渐渐地，在烘热的情境里蒸煮观点
然后，走进艺术的殿堂
把小吃咀嚼成大餐
把痛苦演绎成快乐

情节的想象，充满了
万千气象，世间百态的神奇
蒙恬智慧的开导，就是这样
把薄书读厚，把厚书读薄
在激情飞扬的过程中从低级到高级
在历史传承的故事里由过去走向未来
她们如天使不断点亮天上的星星
一颗又一颗
一年又一年

2012年10月

如歌往事

为了你
虔诚地吹响笙歌
岁月匆匆
一瓣纯心若莲的记忆
久久萦绕心间

不曾淡忘
在求知的岁月
与你同筑童真的梦境
放飞想象的翅膀
有蓝天北斗
有明月寒窗

不曾淡忘
在沸腾的操场
与你同场追逐嬉戏
演绎忘年的潇洒
如一路高歌
如一沐阳光

不曾淡忘
在诗性飞扬的课堂
与你虚实一体的感悟
体验野渡横舟

字字浸润墨香
句句意味深长

不曾淡忘
在成长的路上
与你同解困惑的感慨
一份暖暖的静念
有无痕的喜悦
有顿悟的欢畅

今日透过雾霭回望
满园花朵斑斓
心灵深处的感动
让我分享无限的荣光

2012年春

歌

昨日，睡梦枕心
神游万里，惊涛拍岸
为鼓足蒙童心智的风帆
任由岁月用皱纹推波助澜

春潮涌动，载满希望
那隆起的浪花，为我鼓掌
真诚从海平面抱出光灿
海里的星空，终究为我
挂出劳作的奖章

今日，水波荡漾
晃动耀眼，思绪起伏
为跟上时代新潮
任晚霞在暮色中挥霍光芒

夜深人静，穿行蛛网
思想便是我未曾有过的全部
寒风铺垫了我文句的底色
文海跳跃我灵感的激浪

他日，我将奔向大海
踏着浪花，遍及天涯
我依然驾着理想的小舟
划动纯真、执著的桨
去追赶最美的夕阳

2011年秋

背影

你离开讲台的背影
完全浸入我的心湖
如江水正沿着夕阳的光线
在夜幕中留下跳跃的灵光

如今，冬临的风
乍现夜晚的尽头
在四季流转的梦里
你的影子如云的翅膀
依然飞翔在我心灵的峡谷里

送走昨夜的星晨
乌发被粉笔染白
岁月的面颊被风刀刻下年轮
可背影中的你，已经
把完整的夜晚照成无数的白天

冬来了，新春的脚步又近了
三尺讲台播下的种子
不因时间的过期而消失
精深理论种下的哲理
依然和课堂一起成长

昨日被你词汇规范的顽童
思想的杂草得到有效根除
行为的绿洲在你的背影里
渐渐清晰……

2011年6月

校园记忆

我乘坐诗歌的船去
寻找从前的季节
牧童骑在牛背上的悠闲
憨憨地保持着原有的姿态

那粗糙的记忆
无法淡去岁月的印象
抚摸历程，缀满艺术的教育
美了校园，醉了林阴

粉红色的日子，长着“母鹿”的爱意
无言的心迹，穿行在微弱的灯光下
预示的理念，闪动在童年的筑梦里

生态园的幼苗，都有
自己生长的程序
尽管在肃杀的隆冬季节
依然有一首首美丽的歌
摇曳……

2012年9月

啊，长征

70年前的震撼
仍难以抹去国人永恒的记忆
回望这段历史
就是一部壮丽的史诗

那是——
感恩于离我们远去的一代先烈
飘扬起激励国人的旗帜
为了民族的生存与希望
用血播种生命的伟大历程

那是——
夕阳里，喇叭声咽
暮色中，一片苍茫
弹雨如注，寒风呼啸夜难眠
惊涛拍岸，江水涛涛霜满天
铁索桥横，搏云追日
乌蒙磅礴，走泥戏风
草地上，茁壮希望的大树
雪山顶，召唤黎明的曙光

那是——
“一支浩荡的中国铁流
一条觉醒的东方巨龙！”
是的，她驱走了黑暗
迎来了光明

这举世无双的壮举！是一条
铭刻在地球上的红飘带
她将永远、永远
飘扬在
我们的心中

2004年7月

注：为学校少先队纪念红军长征70周年活动而作

凝固的七月

萌生于茫茫黑夜
飘过奔涌的伏尔加河
孕育于十月红场的风暴
借来普罗米修斯的火种
携着风的力量
穿上云的外衣
带着雨的泪珠
从浦江西岸，到嘉兴南湖
只为寻找耕耘者的足迹

你给黑夜明亮的眼睛
照亮了华夏大地
黑云压顶
你高擎镰刀斧头
迎着太阳回归的疆界
洒下膜拜，立下誓言
在风暴与惊叹中诞生

一路变奏一路呐喊
金戈铁马，沙场笑傲
气吞山河，遍地风流
于是——
广袤大地
耸起参天大树
凝固的七月
托起你生命的丰厚

2011年7月

永恒的师爱（朗诵词）

——谨以此诗缅怀汶川大地震中
以身殉职的老师们

2008年5月12日
突如其来的大地震
使天府之国的土地——汶川
顷刻间变成一片废墟

人们惊慌失措
匆忙夺路逃生……
但是，有一支队伍
面对地魔的肆虐
却将自己的生命置之度外
奋力帮助别人挣脱魔掌

那是——
我们敬爱的老师们
他们用生命的代价
谱写一曲曲爱的赞歌

他们中，有——
人民教师谭千秋
用生命保护了四个学生
人民教师严蓉
救下十三个学生后以身殉职

人民教师张米亚
折下自己的“翅膀”
让学生飞出魔掌
人民教师杜正香
用胸膛护着三个幼儿园的娃娃

人民教师汤宏
生命却定格在这样的画面上
用铁钳般的两个胳膊各夹着一个孩子
用钢铸似身子护着几名学生

人民教师向倩
为保护学生
身体被坍塌的地板撞成两截
人民教师吴忠洪
救出最后一个学生后突然倒下
……

人民教师苟晓超
为抢救被压在庞然重物下的学生
毅然永别了新婚只有10天的新娘……

敬爱的老师啊
面对死亡，你从容淡定
废墟上回荡着你们的声音
“有老师在，你们就在！”

你们以自己
爱心、忠心
勇敢、无私
向世人展示着
师者的风范
仁者的良知
勇者的坚毅

你们用鲜血和生命
诠释了师之尊，师之德
铸就了师之爱，师之魂

因为爱，你诲人不倦呕心沥血
因为爱，你淡泊名利甘于清贫
因为爱，你面对灾难义无反顾
因为爱，你走的时候从容不迫

有一种事业
注定的是太阳底下最光辉的事业
有一种爱
默默无言却感动了河山

“孩子别怕，有老师在！”
这是你们说的最后一句话
双手紧紧护住孩子
这是你们最后的一个姿势

一句话，一个姿势
穿越了心灵的宽度
升华了生命的高度
让所有的人
为之感动
为之流泪

英雄的老师们
天堂的大门有点挤
你却头也不回地走了
也许你们
还想给孩子们上课
还想给孩子们批改作业
还想送孩子们高飞……

安息吧
汶川大地的天使们
你们那高尚的师德
伟大的师爱
将永远成为我们
前进的动力
精神的宝藏

2008年6月11日

注：本朗诵词是2008年6月12日学校开展“灾难无情，人有情”为汶川地震捐赠活动而作的朗诵词。

让崇高与美丽从这里出发（朗诵词）

——为少先队在张高谦德育体验营地
活动献辞而作

46年前，一个空气窒息的夜晚
年仅十四岁的你
为了保护集体的羊群
面对罪恶的屠刀献出幼小的生命……

历史是一条不再回归的河流
那被激流冲刷的伤口上
依稀可见你手抱羊羔
披着超俗的羽衣
带着孩童的稚气
迈着蹀躞的步伐
正向我们走来……

我们不会忘记——
你，曾经用稚嫩的翅尖
刺穿乌云的心脏
曾经撷取闪电的光芒
照出绚丽的彩虹……

我们不会忘记——
你，曾经用高擎的火炬
照耀遥远的坦途
曾经用纯真的唯美
唤醒时代的内涵

我们不会忘记——
你用行动将人民利益举过头顶
你用鲜血诠释“红色少年”

安息吧
闽东人民的好儿子——张高谦
今日清明，烟雨霏霏
我们以崇敬心情缅怀你
以洁白的素花献给你

让生命的崇高与美丽
从这里
从这块感动的土地
出发——

2007年5月

也 许……

——谨以此诗纪念原中国
陶研会会长方明先生

也许是教育事业的苦苦求索
也许是大爱无痕的深深情结
您年迈瘦弱的身体，居然
神气犹存，精力犹在
毕生钟情于，学陶师陶
跋山涉水，洒一路馨香
留一路闪光的足迹

也许是陶先生远方的呼唤
也许是对教育的不离不弃
您发出了师道尊严的呐喊
找到了属于师者永恒的光辉

也许是受陶先生思想的洗礼
也许是教育心有灵犀
您，续写了陶先生
“捧着一颗心来，不带半根草去”的崇高
88岁高龄的您，步履如跳动的琴键
思维如奏响的音符，给人渔舟晚唱的美

银发苍苍，勃发勇者的伟力
教海茫茫，凸显师者的虚怀
今日教育劲吹的东风
吹过五湖，吹遍大海
相信在天堂上的您
一定会笑得更加灿烂

2008年4月

注：方明先生：原中国陶研会会长，陶行知先生的弟子。他曾参与《中华人民共和国教师法》的起草和提出建立教师节的倡议。2005年5月，88岁的方老莅临福安逸夫小学指导陶研工作，并留下了陶行知先生的名言“爱满天下”“千教万教，教人求真，千学万学，学做真人”等墨宝赠逸夫小学。他2008年3月2日在北京逝世，享年91岁。方老逝世后，本人专门为他写了这首诗，以此缅怀这位为教育奉献一生的老人 。

逸夫之歌

——在逸夫小学建校十周年之际而作的校歌歌词

小草，红花，绿树
牧童，神鹿，小路
学园，花园，乐园
你从春风中走来
在我们的心田
种下一颗颗神奇的种子
在雨露中生根
在阳光下生长
啊，逸夫
亲爱的逸夫
桃李满园
英才辈出
你留下了多少春天的故事

小草，红花，绿树
牧童，神鹿，小路
学园，花园，乐园
你从梦幻中走来
在我们的心中
点燃一个个美丽的梦想
去寻找智慧树
去追逐七彩梦
啊，逸夫
亲爱的逸夫
桃李满园
英才辈出
你让我们飞得又高又远……

2010年3月

关于校歌——《逸夫之歌》的创作

第一段歌词源于福安逸夫小学的校园文化元素之一：园内美丽的景观。即位于该校两座教学楼之间的植物生态园。从学校的整体规划到教室个性设计，着眼于生态美和文化美的结合，着眼于环境文化氛围对学生生命质量的提升。大生态园里有大盆景、假山、小草、红花、绿树，它们相互掩映，景色宜人。尤其是园林中间一棵造型别致的古榕，宛若仙女下凡，造型典雅，气质非凡。

校园中，老师是辛勤的园丁，学生是美丽的花朵。每当春天来临，园林中各种花草树木，在园丁的精心培育下，争奇斗艳、生机盎然。每一棵树都是一个景，每朵花都开得那么的灿烂。

生态园地面图案，用那黑白间隔的雨花石铺成，每块四方形的地板都有各种动物图案：有黑白相间的熊猫，翩翩起舞的蝴蝶，栩栩如生的金龟子……园中最引人注目的要数具有象征意义的花岗岩雕塑：一对一大一小的“长颈鹿”，从母鹿的动作和神态中，你不难看出它们正在传递着一种伟大的“母爱”，这不就是象征着教师对学生的爱吗？老师们寒来暑往，爱教乐教，春播秋实，桃李芬芳……他们用爱谱写了生命之歌，他们用爱哺育一代又一代新人……还有那雪白的“牧童骑牛”悠闲坐在牛背上吹笛的快乐，活灵活现地传递给这里的学生像牧童一样自由洒脱、回归自然、十分快乐的校园生活。

这是一块乐土！在这里可以尽情地享受着这美妙的意境所带给的洒脱与恬静，快乐与幸福。当你驻足园中，倍感园林俯仰生姿，错落有致，时时扑面而来的，是天人合一的自然气息。不难想象坐在窗明几净的教室里，闻着沁人心脾的花香，聆听师长语重心长的教诲，心中油然而生一种勃勃向上的激情。这里已经成为了学生的读书圣地，陶冶情操的天堂！

值得一提的是：该校从景观绿地设计到墙砖颜色的搭配，从楼梯走廊到学校道路、树木、房屋、石头的命名，都融入校园环境文化的建设。真可谓“景美则心旷，心旷则神怡，神怡则智清，智清则学佳”。优美的校园环境有助于学生形成求学上进和良好道德品质的心理场，通过文化元素的暗示，渗透于学生的心灵，让学生潜移默化受到熏陶、启迪和鞭策。

第二段歌词源于该校的校园文化元素之二：该校作为科技教育基地，“科研兴校”是该校教育重要项目。培养新一代具有创新实践能力的新人，是当今世界提升民族竞争力的重要举措。爱因斯坦说过“想象力比知识更重要，因为知识是有限的，而想象力概括世界上的一切，推动着进步，并且是知识进步的源泉。”小学时期的儿童最富于想象，有人说：“童年是一场梦，少年是一幅画，青年是一首诗。”

孩子们在幻想的世界当中，想象力是非常丰富的，如果教师能“放飞儿童的想象”，那么就能培养出一个创新的民族。未来人才最鲜明的标志就是创造力，而想象则是构成人的创造力的核心要素。儿童期正处于一个人的想象力和幻想力迅速发展的时期，儿童想象力的激发与培养关系到儿童自身发展和我国全民素质的提高。因此当一个现代老师需要有前瞻的理念，高尚的道德，广阔的视野，睿智的头脑，丰厚的知识……精心去点燃儿童“一个个美丽的梦想”，放飞儿童的个性与灵性，天真与浪漫，童真与童趣。从而引导其“寻找智慧树，追逐七彩梦”。是的，在美丽怡人、自由洒脱、尊重个性、共享学习快乐的教育环境里，每个逸夫人的心智无限，梦想放飞，目标更远…… 每个走进逸夫的老师都是春的使者，每个走进逸夫的学生的将在这里放飞自己的理想 ……

赤诚的心

你为了亘古不变的真谛
静守一间小小的教室
用自己的方式，演绎爱的诉说
以自己的美丽，架起艺术的桥梁

为了春的希望，你
将单调的黑板变成了色谱的长廊
寄色彩的海洋，弹奏梦幻的世界
托灵动的色盘，定格唯美的空间

为了秋的收获，你
将眼中的精彩变成无数的曼妙
诙谐的动漫与卡通在舞蹈中欢笑
别样的图案与线条在透视中延伸

你以一颗赤诚的心
收获生命的宽度和精神的厚度
祝福你，尊敬的美术老师

2012年3月

老师（朗诵词）

——为宁德市首届名师工作室成立而作

神圣的讲台
是你放飞理想的天宇
敞亮的教室
是你播种希望的园地
一张黑板
一支粉笔
一本教材
传承着古老的薪火
一份忠诚
一腔热血
一种信念
抒写着民族的情怀

多少个春夏秋冬
与孩子共度生命旅程
多少个严寒酷暑
在灯下遨游知识的海洋

在生命的季节里，你
为了托起明天的太阳

几度诲人不倦
几曾废寝忘食

争分夺秒地耕耘
如痴如醉地演绎……
用青春的代价播洒爱的种子
以赤子的情怀抒写壮丽的人生

你是智慧的化身
你是人类灵魂的工程师
我们深深地爱你啊
尊敬的老师

2011年3月写于我市名师工作室成立之际

致母亲

母亲，这次返家
泥泞，在山路中前行
窗外挂满雨帘
窗内，儿的心
已随着车轮颠簸
无法平静
每进一程
母亲
我与你越来越近

车窗
推开渐远的山林
拢进了蜿蜒的小河
随着风的诉说，雨的哭泣
母亲，您晃动的身影
已朦胧了我的眼睛

儿如放飞的风筝，视线
淡远了距离，您
手心盈握的是放不开的牵挂
年复一年
日子饱满，徐行于指间

每当凝望着您
眸里涌动的
是心尖思念的痕
我知道，母亲
你的容颜
已被利刃磨光
写满沧桑的脸
布满白雪的发髻
早已雕刻着
儿无限的愧疚……

雨帘疏细 我听到
您轻声呼唤——
母亲
这呼唤是你温暖的怀抱
赐我一如儿时的密吻

2009年5月

母亲如四季

年少时，母亲如春季
暖暖的，柔柔的
母亲在，温馨就在
春风春雨将我养育

年青时，母亲如夏季
红红的，火火的
母亲在，热情就在
千语万言把我激励

中年时，母亲是秋季
沉沉的，甜甜的
母亲在，收获就在
为人之道催我牢记

年老时，母亲是冬季
严严的，默默的
母亲在，家教就在
人正家兴幸福无比

2007年12月

阿丽的梦

——致父亲

昨夜梦见，您曾怀抱
那阿丽的小女孩
她早已长大、婚嫁，带着女儿
拿着您的宝葫芦接喜雨

昨夜梦见，您用
宽阔的肩膀拥抱大海
以船为伴，以海为家
累了，任海风狂吻
倦了，听鱼群欢歌

昨夜梦见，您在海上
中午，炙热徘徊期间
看不见水鸟扑翼
生灵们都在草丛中栖息
而您仍执著于大海

昨夜我梦见，一阵急促的敲门声
伴着寒风阵阵,力竭而紧
出海人满载丰收归来的腥味
唤醒了沉寂木屋，带来一家的惊喜

昨夜我梦见，您正忙于出海前
收拾行李、带上香烟、药品
在潮汐即将来临的时节
扬帆起航……

2009年4月

记忆中的父亲

父亲，您像一个水兵
一副严肃的表情
蓝色大衣里
裹不住你内心的仁慈

您离我而去已有二十年了
可您始终没有走远
——那动人声音犹在耳旁
那温热手掌犹在发力
那宽阔的胸膛
余温依存

如今，我常在梦里见到您
站在远行的甲板上
烈日与您作伴
海浪与您为伍
守着大海的碧澄
守着星光的宁静

记得当您远航归来
是左邻右舍孩子最快乐的日子
夏日傍晚时分
屋前的空地上
儿童们都挤到您身旁
仰着小小的脑袋
眼睛闪着光辉
听您讲那过去的故事
故事一个又一个
人流一波又一波
笑声一阵又一阵

人说您是孩子头
我说您更像童话大王
您那发皱的嘴里
流出悦耳动听的音律
让我沉醉至今……

2010年7月

无声的美丽

母亲，您那羸弱的身躯，轻若蝼蚁
佝偻的背，弯如虾蛄
布满沧桑的脸
是一朵绽开的菊花
不善言辞的您，总是
给人一种无声的美丽

母亲，十口家丁的生计
盘绕在您手上蚯蚓一样的血脉里
您的脊背摞着一家的幸福
每到傍晚
从暮色中归来的您，挑回了一家人的希望
那不仅是温暖，更是所有快乐的诠释啊

当杂草悄悄走近我们
您总是在阳光深处
及时铲去其蔓延
扶正词语以外的放纵

您深情的目光
总是与朝阳一同升起
手中针线为孩子缝来节日风景
深深、密密、长长的脚印
铺就了通往春天的大道

母亲，相信您在诗歌的季节里
会听到
溪水盈盈，流淌持久而悠远的回声
会收到
大地回春，派生春寒料峭的碧野

2011年3月

幽香的回忆

母亲啊，母亲
岁月已刻满
您额头的山道
足迹已记载
流转的四季

那
乡村的鸡啼，是您
黎明的希翼
碎布自缝的书包，几度
放飞我童年的梦想
麦子发芽的季节，几曾
测量生计的苍凉

那汉字的重量
压弯了您的腰，而您
脸像绽开的花
您的笑声永远
抚不平儿愧疚的坑坑洼洼

今朝泥水溅湿的车轮
已延续了我
返乡的旧路

走过风景
背上行囊
母亲，最沉的还是
您的殷殷叮咛
在幽香依然的回忆里
在夕阳浸染下
在突变的气温里
悄然抖落——

2009年5月

永恒的妈妈

哇哇落地
第一个映入眼帘的，是您
我无比圣洁的母亲
您在欣喜的泪光中
久久地睇视着我
我用一条缝的眼睛与您交流
襁褓中的我，为表达对您的爱
四肢乱舞竭力啼哭

咿呀学语
第一个引我说话的，是您
我无比圣洁的母亲
您用甜美的乳汁哺育着我
您用草根里长出的故事
浇灌了我的情智，从此
在我的血脉里融入了
涉世最原始的意蕴

蹒跚学步
第一个引我上路的，是您
我无比圣洁的母亲
岁月已在您脸上

刻下了太多的沧桑
忙碌的皱纹
在灯光下奔跑
深邃的眼睛
在岁月中缩小
而您建构起的世界，是
那样和谐宽广

今天，落叶从您耳鬓飘去
请让我
以时间的名义
走近您，我亲爱的母亲

2010年3月

天使

——献给宁德市第三次妇女代表大会

你是万千物种的精灵
是广袤土地的华彩
如一盏明灯点亮世界每个角落
似一缕春风激活片片生机

你，温柔的力量胜过自然界的法则
暖色的仁慈装下博物馆的典籍
会说话的眼睛是无声教导的诠释
能海涵的微笑是丰厚褒奖的语言

在时代前进的脚步里
能听到你如树上百灵的欢歌
能看到你似花中玫瑰的鲜艳
奏响的旋律穿行在时代的诗行里
绽放的花朵美丽在世人的心目中

沉浮中坚定人海的波涛
明暗里厘清内心的彼岸
掠过耳鬓的温存
辞别斜阳的笑吻

平静的水面荡起鱼鳞的锦
缄默的心海托起辉煌的梦

啊——你是
爱的天使
美的化身

2011年10月

一缕阳光

——观世博有感

你借来一缕阳光
推开了世纪的视窗
倾情演绎都市浪漫的缤纷
以低碳的名义，融入亘古情怀的文化节奏

我漫步“清明上河图”长廊的瑰丽
陶醉于远古的繁华
聆听铮铮的古音徐徐地释放
回味江南女子心灵的音韵
感受沙特“月亮船”遨游与俯冲的传奇
领略丹麦的“美人鱼”那
海里打捞出来的性感
解读英格兰“种子世界”的奥秘
……
无不催我惊叹，醉我流连

你以飞翔的技术
带来了未来城市生活的影子
融国粹，表达质感的文化
化科技，抒发凝炼的文明

你的和谐，让地球村
没有时间距离
没有语言距离
没有民族距离
更没有……

2010年9月

后 记

我是一个从事三十多年教育的工作者，从一个普通老师到校长，从校长成长为教研员。我喜欢诗，认为诗在你心中，你就活在诗中。

我珍惜生命的每一天，知道每个人的生命都像划过长空的流星，转瞬即逝。在短暂的生命历程之中，在色彩斑斓的世界里，我的心中时时涌动着对诗歌之爱，土地之爱，时代之爱。

一句话，我爱这个陌生却温暖的人间。

教育如诗。作为一个教育工作者，长期生活在校园中，每当看到那绿色的林阴道，一张张鲜花般的笑脸，冉冉升起的五星红旗；听到那美妙的读书声、歌声、嬉戏声以及那雄壮运动进行曲……我的心中总是涌动着如诗般的激情。这样沸腾的校园生活，处处洋溢着诗意。我试图将这些美妙的瞬间以诗的形式定格在记忆里。在进一步内化教育的同时，与师生们分享活动带给的思想洗涤和心灵的震撼。尤其“献词”部分，都是针对我校少先队开展主题教育活动而写的朗诵词。如《啊，长征》是我为逸夫小学开展“走进一代伟人毛泽东暨纪念红军长征胜利70周年大型展览活动”而写的朗诵词，该活动历经两个月，教育面之广、教育人之多、教育意义之大都一直令人难忘。还有《永恒的师爱》，这是一首十分悲壮的朗诵词，创作背景是“5·12”汶川大地震，当我从电视和其他媒体上了解到大地震中，以身殉职的老师们那可歌可泣的事迹时，好几个夜晚无法入眠。他们的英雄事迹不断在我眼前浮现，我想：蓝天下，大家都是老师，他们在生命的生死关头，以对事业的大爱诠释了心灵的宽度和生命的高度！这是多么感人肺腑啊！

那年教师节，恰逢全市各校汇演，我决定以汶川大地震为素材，以歌配诗的形式自编自导一个节目，演出获得成功，这首《永恒的师爱》也荣获文艺创作奖。从那时起，我更爱写诗！

笔墨春秋，书写着教学生涯的喜怒哀乐，讲台岁月，浸透我不懈追求的炽热深情。我爱我的职业，我爱学校，更爱我的学生们。在世俗红尘中，我愿坚守淡定而执著的脚步，演绎一个教育工作者的诗意人生。

教育的美丽在于感动，我想用诗句表达我对教育事业的虔诚和挚爱。“动人心者莫过于情”，我希望以这样的真情、真爱面对学生，给他们以支持和鼓励，让他们感受到师爱的温暖，也让我们的教学管理工作能在制度规范和人文关怀的双重引领下闪烁人性和谐的光辉。

诗歌是一个人保持童心的见证。诗意教育是老师以自己的行动引领着孩子们进行心灵的舞蹈，伴随着欢快的节拍，舞出了优美的旋律。教育，是行走的风景；是如诗的生活，更有童趣的曼妙。与童心结缘、与诗心作伴，这是智者生活的方式，更是一种快乐的追寻。

我爱如诗生活，在田间、在海上、在湖边、在森林、在草原，在高天流霞之间，在一切适合歌唱的地带讴歌美。我从内心仰慕自然和人性之美，愿意将自己心中的歌，唱给自然，唱给时光，唱给人。我明白，离当一个诗人还有很远很远的距离，但我时常在生活中保持爱和感恩，并将继续前行和思考。因为人性之美永无止境，是超出时代的永恒之物，也是人类向前的根本动力。每一个热爱人类的人，最终都将感受人性的光芒和温暖。无论时代如何改变，内心有诗的人永远不会感到寒冷与孤单、枯燥与无味。

正如全国小语会理事长崔峦先生给本人的赠言中写的“用园丁的心催桃育李，以诗人之情讴歌生活”，这的确是我向往的生活方式。

或许，我写的文字不算诗歌，是稚嫩的，粗浅的，但在感情上是真实的。这是我情感的独舞，灵魂的升华。我用颤抖的笔，在宁静中平和，在清明中思考。这虽然是微不足道的，但这些给了我思想的给养，灵魂的升华，希望的追求，心灵的浸润。

文学乃是人生之苦旅，没有丰富的生活积累，没有深厚的文化积淀，就不会产生好的作品。三十多年漫长教育生涯，我从乡村到城区，一生对教育的喜爱溢于言表，是教育给了我诗的浪漫与童真。我置身在教育如诗的生活里，以超然的心情，坚定一份执著，保持一份洒脱。

每每在半夜里睡意全消时，披衣起身，凝望着浩淼的夜空，总有一种声音在深切地唤起，我的热情也因此保持恰当的恒温。在沉睡的夜里，在孤寂的案前，那如歌的生活方式给了我沉思默想：一张张熟悉而陌生的面孔，一次次刻骨铭心的感动，一幅幅美丽迷人的自然景观……转化为文字，转化为心灵深处的呐喊。

而此刻，您的阅读，将再次点亮我的诗行。